羅文
浮人

高嘉謙｜主編

今年的夏天似乎少了蟬聲

李有成◎著

「浮羅人文書系」編輯前言

高嘉謙

島嶼，相對於大陸是邊緣或邊陲，這是地理學視野下的認知。但從人文地理和地緣政治而言，島嶼自然可以是中心，一個帶有意義的「地方」（place），或現象學意義上的「場所」（site），展示其存在位置及主體性。從島嶼往外跨足，由近海到遠洋，面向淺灘、海灣、海峽，或礁島、羣島、半島，點與點的鏈接，帶我們跨入廣袤和不同的海陸區域、季風地帶。但回看島嶼方位，我們探問的是一種攸關存在、感知、生活的立足點和視點，一種從島嶼外延的追尋。

臺灣孤懸中國大陸南方海角一隅，北邊有琉球、日本，南方則是菲律賓羣島。臺灣有漢人與漢文化的播遷、繼承與新創，然而同時作為南島文化圈的一環，臺灣可辨識存在過的南島語就有二十八種之多，在語言學和人類學家眼中，臺灣甚至是南島語族的原鄉。這說明自古早時期，臺灣島的外延意義，不始於大航海時代荷蘭和西班牙的短暫占領，以及明鄭時期接軌日本、中國和東南亞的海上貿易圈，而有更早南島語族的跨海遷徙。這是一種移動的世界觀，在模糊的疆界和邊域裏遷徙、游移。透過歷史的縱深，自我觀照，探索外邊的文化與知識創造，形塑了值得我們重新省思的島嶼精神。

在南島語系裏，馬來—玻里尼西亞語族（Proto-Malayo-Polynesian）稱呼島嶼有一組相近的名稱。馬來語稱 pulau，印尼爪哇的巽他族（Sundanese）稱 pulo，菲律賓呂宋島使用的他加祿語（Tagalog）也稱 pulo，菲律賓的伊洛卡諾語（Ilocano）則稱 puro。這些詞彙都可以音譯為中文的「浮羅」一詞。換言之，浮羅人文，等同於島嶼人文，補上了一個南島視點。

以浮羅人文為書系命名，其實另有島鏈，或島線的涵義。在冷戰期間的島鏈（island chain）有其戰略意義，目的在於圍堵或防衛，封鎖社會主義政治和思潮的擴張。諸如屬於第一島鏈的臺灣，就在冷戰氛圍裏接受了美援文化。但從文化意義而言，島鏈作為一種跨海域的島嶼連結，也啟動了地緣知識、區域研究、地方風土的知識體系的建構。在這層意義上，浮羅人文的積極意義，正是從島嶼走向他方，展開知識的連結與播遷。

本書系強調的是海洋視角，從陸地往離岸的遠海，在海洋之間尋找支點，接連另一片陸地，重新扎根再遷徙，走出一個文化與文明世界。這類似早期南島文化的播遷，從島嶼出發，沿航路移動，文化循線交融與生根，視野超越陸地疆界，跨海和越境締造知識的新視野。

高嘉謙，國立臺灣大學中國文學系副教授，著有《遺民、疆界與現代性：漢詩的南方離散與抒情（一八九五─一九四五）》、《國族與歷史的隱喻：近現代武俠傳奇的精神史考察（一八九五─一九四九）》、《馬華文學批評大系：高嘉謙》等。

自序

在危機時代寫詩

李有成

《今年的夏天似乎少了蟬聲》是我的第四本詩集，距二〇一八年出版的上一本詩集《迷路蝴蝶》已有四年之久，這四年中至少有三年正好碰上新冠病毒（Covid-19）肆虐全球，其為人類帶來的傷痛與災難為歷史所少見。因此這本詩集裏有相當比例的詩與疫情有關，恐怕也不是不能理解。我曾經在若干場合引述白居易在〈與元九書〉裏的話說：「文章合為時而著，歌詩合為事而作。」白居易的話言簡意賅，只能算是文學常識，不是什麼高論；何況他也自謙其所作旨在「粗論歌詩大端，並自述為文之意」，可是細讀〈與元九書〉，我們卻不難看出，這是他在讀詩論世之餘對文學的深刻體認，是對我常說的文學的淑世功能相當精確的總結。〈與元九書〉是一篇至文，有敘有論，有情有理，白居易的用心無非在找回「興觀羣怨」的文學傳統，「以詩補察時政」，「以歌泄導人情」。詩集《今年的夏天似乎少了蟬聲》所收直接或間接涉及疫情的詩，或傷悼，或諷喻，或質疑，或批判，或欣喜，看似屬於所謂的應景詩（occasional poems），實則都是憂世抒懷之作，非僅為了應景而已。這些詩所紹續的隱約為白居易所關心的淑世傳統。

新冠病毒對人類社會的衝擊是全面的。這三年來因感染病毒為個人或羣體帶來的病痛與死亡案例數以億萬計，許多人的經濟生活也大受影響。從個人到國家到國與國之間，因防疫或抗疫所引發的紛爭更是書不盡書。當然，這期間也有不少詩人作家或以紀實文字，或以虛構情節，為這場不知何時可以終了的人類浩劫留下紀錄。另有一些學者則嘗試著書立說，或回顧人類歷史上幾次災情慘重的瘟疫，或檢視文學史上諸多與瘟疫有關的名著。當然更有名目繁多的講座、研討會、期刊專號等，企圖以不同方式分析和論證與病毒相關的議題。在各種形式與類型的活動中，間或也有不少對人類世（Anthropocene）的反省，思考的維度也多環繞着人與自然、人與環境、人與生態、人與疾病之類的議題開展。這些議題提醒我們，地球並非為人類所獨有，人類不應該繼續對地球巧取豪奪，而應該休養生息，學習與其他物種和生命共生共存。這是對人類中心論（Anthropocentrism）的徹底省思。新冠病毒無疑為人類社會帶來前所未有的危機。在這樣一個攸關存亡生滅的危機時刻，詩能做些什麼呢？

第二次世界大戰期間，詩人艾略特（T. S. Eliot, 1888-1965）定居倫敦，一九四二年前後，他正埋首處理他的最後一部扛鼎之作《四個四重奏》（*Four Quartets*, 1943），尤其是在撰寫其中最後一首〈小格丁〉（"Little Gidding"）的時候，倫敦遭到納粹德國極其殘暴的疲勞轟炸。這段歷史英國人銘記在心，甚至將一個普通名詞 the blitz（猛烈轟炸）大寫為 the Blitz，專指二戰當時德國人對英國本土的空襲。英國當代著名作家阿克洛伊德（Peter Ackroyd, 1949-）在其皇皇巨著《倫敦傳》（*London: A Biography*, 2000）中的記述多少能夠說明當時的慘況：「傍晚六點過後就拉警報，然後燒夷彈就像『大雨』那樣降了下來。整個攻擊集中在倫敦的西提市（The City）。大火又來了。……十九座教堂被燬了，其中十六座是第一次倫敦大火過後任恩（Christopher Wren）負責建造的；三十四座商行大樓中，只有三座倖免於難；整條培特諾斯特路（Paternoster Row）陷入火海之中，焚燬了五百萬本書；市政廳（Guildhall）損壞慘重；聖保羅教堂被火海包圍，但幸好逃過一劫。……幾近三分之一的西提市只剩下灰燼與瓦礫。」艾略特當時親身經歷的就是這樣鋪天蓋地的毀滅性空襲，生命危脆，生靈塗炭，文明毀棄，危機當前，如何存活恐怕是大多數人唯一的當務之急，因此當時艾略特對詩的創作活動也不免心生疑慮與困惑。他說：「眼看着當下正在發生的一切，日復一日，當你坐在書桌旁，把時間花在操弄文字與韻律上面，你很難覺得這是個合乎常理的活動。」

儘管如此，艾略特卻也在這樣的危機下完成了長詩〈小格丁〉。我年輕時初讀〈小格丁〉，知其艱澀，惟隱約可以讀出艾略特似乎特別在意時間的問題，他將過去、現在、未來視為整體，甚至認為這樣的體認才是通往救贖之道——這是晚期艾略特重要的終極關懷。二〇〇四年的夏天，我做客倫敦大學的亞非學院（SOAS），發現學院大門左側正是艾略特生前擔任詩編輯的費伯與費伯（Faber & Faber）出版社的大樓。大樓隔着馬路，對面就是羅素方場（Russell Square）。我帶着親和與懷舊的心情重讀艾略特，加上年歲日增，又讀了時人吳爾芙（Virginia Woolf, 1882-1941）的戰時日記與文章，譬如她的〈在空襲中省思和平〉（"Thoughts on Peace in an Air Raid," 1940）一文，這時重讀〈小格丁〉，當然體會不同。我比較可以理解艾略特是在何種心境之下創作〈小格丁〉的。寫詩當然阻止不了空襲，救不了人命，也擋不住文明遭到暴力摧毀。儘管如此，艾略特終究還是在戰時完成了《四個四重奏》組詩的大部分詩作，包括〈小格丁〉這首長詩。

大約半個世紀之後，愛爾蘭詩人希尼（Seamus Heaney, 1939-2013）在面對家國危機時，也曾經產生類似艾略特的疑惑：在危機時代寫詩有何意義？詩究竟能做些什麼？希尼出生於北愛爾蘭的倫敦德里（Londonderry）——這是當地基督教徒認可的地名，天主教徒則稱之為德里（Derry）。希尼其實大半生都旅居在外，後來選擇定居愛爾蘭共和國的首都都柏林。一九八〇年代，北愛爾蘭天主教徒與基督教徒衝突不斷，北愛爾蘭共和軍與英國軍隊不時火力相向，恐怖爆炸事件時有所聞。在各種形式的暴力之下，危機四伏，一樣生命危脆，死亡的陰影揮之不去。在一九八六年肯特大學（University of Kent）的艾略特系列紀念講座中，希尼以〈舌頭的管治〉（"The Government of the Tongue"）為題，引述艾略特上述的話反省詩在危機時代的角色。他承認面對暴力的歷史衝擊時，詩基本上是一無是處的。他對詩的信念另有寄託：「在某個意義上，詩的功效是零——詩從未阻擋坦克。換了另一個意義，詩又是沒有止境的。……詩不會說，『現在有這麼一個解決之道。』詩不談工具性或功效性。反之，在即將發生的事與我們期待發生的事的裂縫之中，詩為我們尋求某種空間。」希尼認為這個空間的功能主要在凝聚我們「純粹的專注」（pure concentration）。換言之，詩的功能不應該分散在細碎繁瑣的支節上，反而應該關注其根本的超越的用途。艾略特最後以救贖終結其〈小格丁〉，反映的容或就是希尼所說的「純粹的專注」。

面對新冠病毒的危機，詩當然無助於防疫，無助於研發疫苗或特效藥。詩顯然另有他用，另有其他希尼強調的專注。這本詩集中有關疫情的幾首詩無不投射着我的專注。不過疫情以外，這本詩集還另有其他關懷。這三年疫情在猝不及防之下，讓人類社會陷入混亂與失序，尤其在疫情爆發初期，既缺口罩，又缺疫苗，對病毒本身又所知有限，一時對病毒束手無策，此又不限於一時一地而已。有些社會甚至引發種族歧視，社會分裂，相互諉過與指責，對病毒的恐懼造成理性不彰，社會道德瀕臨崩潰。眼見或耳聞這種現象，我竟然寫下不少涉及秩序的詩：從時間的嬗遞，季節的變動，語言的喧囂，到生態的失衡，這些詩的關懷反證了我對失序的焦慮與憂心，總是希望透過詩的創作設法重建新的秩序。我甚至以一般人所嫌惡的老鼠、蟑螂及蚊子入詩，在反思與批判之餘，嘗試藉此重新界定人與其他生命——不論如何卑微與猥瑣——之間的關係。這幾首詩之所以採敘事詩的詩體，當然背後不免還有形式的意識形態的考慮——敘事詩便於將詩化與散文化的語言互相結合，同時也便於諷喻、批判與論證。

在這本詩集裏，對秩序的追求也見於形式方面。大約在二〇一九年的春天，《文訊》月刊約我撰寫專欄，每三個月一篇。我欣然同意，並將專欄取名「日昇月落」，其寓意無非在突顯時序的變化，同時我也決定專欄的文類要以詩為主。當時的約定是每首詩的長度不超過二十行。經過了一番摸索，我慢慢確立了詩的形式：詩分兩節，每節十行。我曾經在詩集《迷路蝴蝶》的自序中揭櫫「詩無定法」，不過我也強調，「詩無定法並非表示無法，詩人在體驗詩無定法的解放與自由之後，反而需要更多的修為來面對『怎麼寫』的問題」。這就需要自律，需要規劃或摸索某種秩序。十行一節正是我幾次實驗的結果，這個形式最後竟然推展到其他較長的詩。我想到西方有十四行詩的形式，只是十四行詩有嚴謹的格律，適合多音節的西方語言。我所採行的十行一節的形式不在強行規範某種格律，至少要維持相當的自由與解放。經過這幾年的嘗試，在自律自制之餘，竟然也能做到自由自在，收放自如。這是這本詩集在形式上較為明顯的地方。寫詩恆在求索，下一本詩集會是怎樣的面貌，我現在無法斷言。

這本詩集從醞釀到正式出版，要感謝的人很多。我要謝謝高嘉謙願意將這本詩集納入他所主編的「浮羅人文書系」。這個書系迄今已經出版了不少擲地有聲的創作與論著。嘉謙在書系的編輯前言中特地突出「一種移動的世界觀，在模糊的疆界和邊域裏遷徙、游移」；這本詩集裏有好幾首詩正好反映了類似的世界觀。這也似乎隱含了英國歷史學家霍布斯邦（Eric Hobsbawm, 1917-2012）所說的「離散的好處」。希尼也曾經在我前面提到的講座中，以一個有趣的意象描述詩的本質：詩就彷如門檻。用通俗的話說，門檻是我們回家或離家，抵達或出發時必經的一個臨界點，而就在此內與外，召喚與釋放之間，我們經由不同的方式窺探與揭露詩的真相。希尼所念茲在茲的專注正是這個過程的終點。嘉謙在書系編輯前言所闡釋的世界觀竟在某個層面上與希尼對詩的描述若合符節。我還要特別謝謝時報文化出版企業股份有限公司的總編輯胡金倫。在詩集的出版過程中，金倫以其專業、經驗及耐心給予我最大的協助，詩集能夠依時程準時出版，金倫的鼎力相助功不可沒。

我是位老派人，每有創作，總希望有機會先經編輯汰選，在報章雜誌上發表，最後才結集出版。這本詩集的作品至少不下三分之一曾經在《文訊》月刊的「日昇月落」專欄中發表，我首先要謝謝《文訊》的社長兼總編輯封德屏，德屏慷慨提供版面讓我發表詩作，沒有《文訊》的固定稿約，詩集裏有不少詩恐怕無法依時完成。當然我也要謝謝在《文訊》先後協助我的編輯李鴻駿與吳櫂暄。詩集中另有其他詩作也曾經在不同時間發表在臺灣、新加坡及馬來西亞的報紙副刊與文學雜誌，我要向辛牧、蔡素芬、宇文正、孫梓評、王盛弘、謝裕民、梁靖芬等表示誠摯的謝意。我同時也要謝謝陳瑞獻、潘正鐳、黃遠雄、單德興、張錯、哈金、黃英哲、馮品佳、王智明等好友與同事這些年來的敦促與鼓勵。多年來協助我研究工作的曾嘉琦將詩集裏一首首的詩編輯存檔，並在出版的過程中幫助我整理與校訂詩稿，謝謝嘉琦的辛勞。張錦忠在教學與編寫兩忙的情形下，為這本詩集撰寫導讀。他的論證與分析其實還涵蓋了我的其他詩集。錦忠小我幾歲，我們的生命歷程卻頗多交集與重疊。他從年輕時就熟讀我的作品，離散來臺這數十年，交往日久，情誼醇厚，不僅在事業上互相支援，打氣，在創作上更是互相砥礪。他是最適合討論我的創作的人。他的導讀因此相當全面而準確。謝謝錦忠。

最後我要特別說明，我的詩作中一再出現的鳥獸、昆蟲、樹木及花草意象，都是臺北市大安森林公園所常見。大疫期間，我或在清晨，或在黃昏，或在夜晚，經常帶着我家馬爾濟斯小狗巧巧在公園中散步，雙目所見，雙耳所聞，時有所感，發而為詩，公園中的動、植物自然就轉化為我詩中的意象。詩，果然來自生活，來自日常經驗。是為序。

二〇二二年十一月六日於臺北

目次

今年的夏天似乎少了蟬聲

迷蝶與夏蟬，某些喧嘩，某些哀傷

——讀李有成詩集

張錦忠

《今年的夏天似乎少了蟬聲》是李有成在臺灣出版的第三本詩集。李有成於一九六〇年代在馬華現代詩壇冒現。那個世代的馬華詩人，近年還在寫詩或出版詩集者並不算多，李有成之外，大概就是麥留芳（《鳥的戀情》增訂本）、余崇生（《阿勃勒的夏天》）、溫任平（《衣冠南渡》）、黃遠雄、陳慧樺、王潤華、劉貴德、梅淑貞、謝永就等數位而已。這幾位資深詩人能克服馬華文學的「巴托比現象」，寫詩迄今不輟，誠屬不易。《今年的夏天似乎少了蟬聲》收入李有成詩作三十首，寫於二〇一九年仲春與二〇二二年初冬之間，平均每年創作十首，可謂豐收。

李有成上一本詩集《迷路蝴蝶》出版於二〇一八年，是一卷以「應景」之作為主的詩集。應景詩，即西文所謂之occasional poems，意指呼應某些場合景況而寫的詩作。或詠事或紀時，皆有其所本的事件——大至國家戰事，小至個人壽慶。昔白居易〈與元九書〉所謂「文章合為時而著，歌詩合為事而作」固然突顯「時務」，不過並不盡是文學必須書寫現實時事的主張，「每讀書史，多求理道」，也是人生閱歷增進後讀書回望史事，自有一番省思感懷。《迷路蝴蝶》自序引述香山此句，正是李有成寫詩多年的體悟；彼時詩人心境，大概近似白居易給元稹寫信時的情懷吧。

在《迷路蝴蝶》之前，李有成已出版了兩卷詩集：《鳥及其他》與《時間》。前者在一九七〇年出版，迄今五十二年，為詩人「在冷戰的年代」的作品，集中自然不乏反映烽火時事之作，例如〈聖誕夜〉與〈趕路〉，寫的就是美國在越南的戰爭。《鳥及其他》出版三十六年後，二〇〇六年，《時間》出版，收入新舊作品三十三首，卷首的〈聖誕夜〉與〈趕路〉分別有了副標題——越戰之一，越戰之二，點明為時而作的背景。如今重讀二詩，越戰已是遙遠時光裏的遠方戰爭記憶了。

《鳥及其他》由檳城犀牛出版社出版那一年，二十二歲的李有成赴臺深造。這卷詩集可視為他的「馬來西亞時期」的終結與紀念。集中最後兩首詩皆有副標題「關於時間」，而第一首收入《時間》的《鳥及其他》集外新作〈老印度花販和花〉則有副標題「時間之三」，顯然「時間」是銜接這兩本出版時間相去三十六年的詩集的轉折裝置。到了〈老印度花販和花〉之後，收入《時間》的〈檳城〉，已非「檳城時間」，「檳城」亦非現實地理熱帶空間的「檳城」，而是記憶裏頭的街道，然後淡入詩集中的街道已是「入冬以後」的龍泉街等臺北道路巷弄，詩人也進入了「在臺時期」。但是寫了詩集《時間》的最後一首詩〈午夜讀葉慈〉之後，李有成一停筆就是三十年。他在《時間》自序〈詩的回憶〉寫道：「那是一九七六年，此後我就專心往學術的路上走，……詩只好退位」。詩告退之後，詩人只能到他人的詩集裏頭去尋找詩意。

李有成寫〈午夜讀葉慈〉的年代，冷戰不但還沒有結束，而且還進入反高潮——美國在越南的戰爭潰敗，越共大軍挺進西貢，統一越南，然後就是近乎種族滅絕的「投奔怒海」船民事件。於是在學術路上的詩人寫了〈祭南海之神〉一詩回應時代的喧囂與憤怒。那是一九七九年。然而詩人日後遍尋詩稿不獲，故沒有收入《時間》，直到整理《迷路蝴蝶》時才終於「出土」。〈祭南海之神〉雖作於李有成在冷戰時代的抒情時期，或現代主義時期——詩人自云那是「早年不同時期的詩風」，但書寫意向為時為事至為明顯，全詩充滿淑世筆觸，與《迷路蝴蝶》詩集主調相當契合。

李有成的「早年不同時期的詩風」主要還是指他六、七〇年代的詩表現方式。當年李有成以「李蒼」為筆名，在《學生周報》與《蕉風月刊》寫詩，為馬華現代詩壇一員大將，後寫而優則編，在六〇年代末成為二刊編者，推動現代主義詩學。他回顧所來徑，自承對意象特別重視，在現代主義影響之下，所寫難免多「稍顯隱晦的詩」。李有成在一九七五年初有「論詩詩」（ars poetica）〈每一首詩〉曰：「每一首詩／必須是一道／不知名的珍餚／……／必須是／連自己也沒嚐過……」，說明自己對詩藝詩意的求新求變之志。不過到了二〇二一年，詩人在臺灣疫情高峰期寫〈我寫詩的理由〉，已不再刻意賦予意象與文字象徵意義了——「我寫詩／是因為一對老年夫婦／被開罰單了。……／我寫詩／是因為一位外賣小哥／被開罰單了。……」，詩人用口語、明朗、直接、有力的語言與手法來表達他對社會中下階層的關懷。

故《迷路蝴蝶》可謂李有成晚期風格的開端。就作者詩齡、詩觀與詩語言的變化而言，「晚期風格」的說法並不為過，但就詩人整體創作來說卻不盡周延——《鳥及其他》與《時間》二集作品的總和，扣掉重複收入者，不過四十二首，數量實在不多。相較之下，他五十八歲以後的詩作數量，迄今為止，已有五十八首之多（真巧合的數字），早已超過三十歲以前作品的總數（四十四首）。因此，他自己也說在創作上他「彷彿從青年直接跨入老年，略過了壯年那個時期」。略過了近三十年，對於斷代分期，的確造成困擾——其實並沒有那麼多「早年不同時期的詩風」。《迷路蝴蝶》收入詩作二十八首（其中兩首為舊作，〈擬漢俳十首〉則算一首）。這些詩涉及戰爭、身分政治、環境、歷史、記憶、時間，正是詩人一貫關注的課題，事實上也是文學對這個紛擾爭鬥的世界的回應，儘管文學在暗黑中所發的光何其微弱，但倘若連微弱的光也熄滅，世界就只有黑暗了。這些詩多敘事詠史記遊，但也不乏感時憂世、抒懷傷逝之作。李有成在序文自承集中詩作「敘事性甚高，其中還有幾首應屬體例完整的敘事詩」。不過，敘事與抒情的邊界有時並不那麼楚河漢界，也毋須那麼涇渭分明。嚴格來說，這是一卷「抒情與敘事詩」作品集，就像葉慈那套八卷本詩文作品集彙編的詩卷題目所示：Poems Lyrical and Narrative。《今年的夏天似乎少了蟬聲》也是一卷抒情與敘事詩集。這本詩集距離《迷路蝴蝶》的出版時間，已縮短為四年，相對於前兩卷詩集的時差，這回可謂大躍進。惟其時差短，書寫模式近，我們不妨視《今年的夏天似乎少了蟬聲》為《迷路蝴蝶》的續編——當然也是詩人晚期風格、詩觀與詩語言的延續。季節嬗遞觸動詩人感時抒懷的情意，詩即是時空交融（chronotope）的載體。詩集卷首詩為二〇一九年的〈這是春天〉。黃花飄落，蝴蝶翩飛，松鼠翻躍，訴說了生命的訊息與季節的話語。黃花風鈴木落在佛口，彷若時間就停駐在那裏，似乎「甚麼事也沒發生」。然而對照詩的第一節跟第三節，佛口微笑無語，並非因為「這是春天」，而是因為天地本無常——落花原是無常的訊息，然「自其不變者而觀之」，無常亦是常。

除了〈這是春天〉，集中的〈在學童之間〉、〈羣龜〉、〈掃葉人〉、〈秋日寄張錯〉、〈落葉〉、〈蟬骸〉都可歸為同類。〈這是春天〉有「無常的謎」，〈在學童之間〉則有「無法訴說的秘密」。同一年稍早的〈羣龜〉也是「在孩童之間」；不同地域背景的兒童／孩童，固然是戴上「說話人」假面的詩人的對照組，但除了時間流轉季節嬗變之外，詩顯然別有所指：〈在學童之間〉的五色鳥「隱身」、「黯然／藏匿」，〈羣龜〉的五色鳥令人苦守等待。五色鳥五色共存，融洽共生的寓意不言而喻，但不見於「說話人」的林間樹梢，只有時間在徘徊，草木榮枯，人間事反不如自然自有盈虛之道，例如生態池的羣龜，「某種秩序／正在形成」。或〈蟬骸〉中的「曾經依時序／盡責地教綠樹濃蔭齊聲詠唱」的蟬兒。

時間當然攔不住，詩人只能「悵然地看着樹葉，悄然落下」。相對於詩人的大聲吶喊，落葉的聲音則是「輕聲喟歎」。寫〈落葉〉三年以前，詩人寫暮春的生態池，寫孩童、松鼠、龜、以及看不見的五色鳥，並未述及預言秋之臨來的落葉。到了〈掃葉人〉、〈落葉〉與〈秋日寄張錯〉，落葉已是諸詩模題，成為指涉時間的符象。三首「落葉詩」一哀韶光賤，另兩首寄張錯。張錯另署翱翱，上個世紀六〇年代由港來臺念大學，與友人共創星座詩社，畢業後赴美深造，後旅居美國，近年往返美臺，其詩風多姿從容，多年持續詩的創作，有計畫的出版詩集，迄今已著有二十一卷。〈落葉〉提到的張錯新詩集為《詩人托夢》，二〇二一年暮春出版，收入寫於二〇一八年初至二〇二〇年底的詩作五十三首。〈秋日寄張錯〉寫於二〇二〇年秋，彼時《詩人托夢》尚未出版，新冠肺炎凌虐世人已近一年，「臺北的心情」秋意漸濃，故詩中有此一問：「你那裏也秋了嗎？」那一年，北美加州森林野火蔓延。禽獸塗炭，「還有失魂的病毒／仍然四處逍遙，流竄，一路嘲弄／這個任性的世界。」自然旋律世局秩序為之變亂離失，垂暮之年的詩人無可奈何，唯有在靜默、空寂、蒼茫的「時間逆旅」中辯解、讀懂「某些喧嘩／某些哀傷」，想像太平洋彼岸的詩人老友也是如此。到了寫〈落葉〉時，《詩人托夢》已出版，李有成應該在張錯詩集中讀到熟悉的「葉子緩慢片片剝落」（〈秋林〉），沙沙作響的枯葉（〈入夜〉），或「秋葉鋪滿一地」（〈叢林猛獸之二〉）等落葉意象，那些唏噓，喟歎，喧嘩與哀傷。

二〇二〇年那一年，以及接下來的近兩年，皆是大疫之年。病毒從阿爾法到奧密克溷不斷變種，人類應付不暇，疫苗一再追打，城港封封解解，那個不美麗的新世界終於來臨。李有成在疫情前出版的《迷路蝴蝶》卷已有多首應景詩，到了二〇二〇年春以後，更寫了不少回應疫情景況的詩作，收入《今年的夏天似乎少了蟬聲》卷。其中書名同題詩〈今年的夏天似乎少了蟬聲〉已點出疫情歲月前後的差異。然而，蟬音失聲，不表示城中人安靜好眠，在「睡眠惺忪中，聽政客喋喋不休／沒有夢境」，「徹夜未眠」的不僅是公主或新冠病毒，更是詩人。疫情與時事重疊，或竟成為時事主題，於是詩集中篇數比「落葉時」還多的「疫情詩」，多為詩人有感於世事時局的紛擾，政客行事荒誕，「語言猥瑣」，乃寫詩抗議、諷刺、調侃的產物。〈鼠事〉、〈寒蟬〉、〈我走下和平東路〉、〈阿勃勒〉、〈告白〉、〈蚊災〉都屬這類詩。寫詩雖然無法「為問題尋找解決之道」，但抗議、諷刺、調侃正是詩的社會作用，疫情時代詩人的本色。是的，嚴格說來，這些詩不算「疫情詩」，而是「疫情時代詩」。〈阿勃勒〉寫雨後看花，想起疫情以來景物多凋零，「不免興悲」，連黃金雨樹也「哀戚」，自是借景抒情，然而語調一轉，因風急雨驟，鳥飛花殘，空氣凝固，阿勃勒「兀自在驚怖中低聲嘆氣」，抒情頓時轉為諷時述事。這也是李有成這一輯詩常用手法：以觸景傷情起筆，然後展開敘事托喻針砭時弊；其中以〈哀歌：很多孩子走了〉最顯哀矜之心。兒童來不及成長便因各種天災人禍而離去，格外令人惋惜。詩中的「雨」有其洗滌作用，並喻天地不仁，但雨「不會落在——權力的迴廊」，筆鋒直指在位者的無感。

〈哀歌：很多孩子走了〉詩後附文特別提到「哀歌」的文類。〈哀歌：很多孩子走了〉可跟《迷路蝴蝶》中寫黎巴嫩兒童死於空襲的〈卡拿〉並讀。《迷路蝴蝶》中的哀歌還有悼念前輩詩人余光中的〈我只有寫詩悼念您〉，以及傷婆羅洲來的小說家李永平之逝的〈出海：祭永平〉。《今年的夏天似乎少了蟬聲》裏的〈告別印度黃檀〉與〈輓詩十二行：送別楊牧〉也是哀歌。〈告別印度黃檀〉哀物之衰微。臺大文學院右方庭院那株印度黃檀因染疫而枯萎；李有成在臺大文學院度過碩博士班歲月，後在那裏兼課，前後四十年，感情不可謂不深，故今大樹有難，寫詩告別，誠屬應然。余光中、李永平、楊牧三人於三年內先後辭世，不啻一個華文文學盛世的結束。那是一個——借用劉紹銘的說法——「文字還能感人的時代」。李永平於二〇一七年秋病逝，爾後多年中秋過後，李有成偕同臺北若干友人前往小說家淡水故居追憶這位同鄉故友，〈壬寅暮秋訪淡水李永平故居〉一詩即誌今年之淡水行。楊牧離去那個春雨淅瀝的春天，李有成深夜獨坐讀詩緬懷故人，問道：「往後你還會寫詩嗎？還會有人問你／公理與正義？」那當然是修辭設問（rhetorical questions）。讀詩，「在語言疲累的年代」，彷彿只是記憶的延續，像春雨的綿綿那樣，寫詩呢？寫詩還是「卑微的抗議」嗎？那是兩年多以前的事了。

兩年多以來，由於疫情的關係，人的移動與國際間的邊界皆受到管制，《迷路蝴蝶》中的紀遊詩（記遊伊斯坦堡、馬德里、倫敦、新加坡、京都、首爾、波士頓、克拉考夫所見所思），很難在《今年的夏天似乎少了蟬聲》複製了。集中涉及域外行旅的詩作僅得三首：〈在學童之間〉（古晉）、〈蟬骸〉（名古屋）與〈訪五一三事件受難者墓園〉（吉隆坡）。大疫之年出國行大不易，境內移動倒是還有空間。李有成的南臺灣旅次紀遊詩竟有四首之多。其中〈過霧臺谷川大橋〉記屏東行，另三首〈過旗津〉、〈夜宿高雄〉、〈高雄叻沙〉都是遊高雄有感之作。

李有成從二〇〇六年開始，就是國立中山大學的合聘教授，彼時他帶領一個離散文學研究計畫跨國團隊，經常南下主持計畫會議與工作坊，多年來離散文學論述一直是本校人文研究向度的一個主軸，後來我執掌人文研究中心，規劃諸多馬華文學學術活動時，李有成幾乎無會不與。他每次來高雄，我們不是去旗津，就是找間南洋菜餐廳餐敘以解鄉愁。旗津從千禧年前後的盛況到疫情後的蕭條，詩人看在眼裏，頗有滄海桑田之感，故有詩誌之。去年李有成來高雄，夜宿海港內灣旅舍，臨窗夜觀海上燈火明滅，想起來臺五十一年，昔今多少事，還「來不及回首」，就已是「半個世紀的驚愕」，遂有旅夜書懷詩〈夜宿高雄〉。去年也是我來臺四十年，大部分歲月就在港都度過，故讀到詩中的船影水痕，格外能起共鳴。我輩當年在冷戰脈絡北漂離散寶島，而今卻是新冷戰的局面，歷史果真是時間長河河口的「哀爛泥」（irony）。〈高雄叻沙〉既寫人的離散，也寫離散的食物在地化。李有成筆下的高雄叻沙（laksa）——

這一碗咖哩麵，彷如異地
生長的大紅花，夏日裏
朝着帶有鹽味的海風，兀自怒放

文化的離散，與「華語語系」一樣，總已是「因地制宜」的變貌。

這些在疫情時代為時為事而作的詩，籠統稱之「雜事詩」也無不可，或更能彰顯其現實指涉。在我看來，「疫情詩」多言及人醫關係、疾病與人類，疫人共存，屬「醫療人文」的一部分，集中的〈手術檯上〉即屬此類。其實，前述疫情詩以鼠、蟑、蚊、寒蟬等蟲獸類諷事喻時多於敘說疫情，可以跟〈三芝看海〉、〈石榴：寫陳瑞獻近作《方廣華嚴》〉、〈秋夜讀《南洋讀本》有感〉、〈暮秋讀《馬華文學與文化讀本》有感〉一塊歸為雜事詩類。前者觀海而發思古之幽情，後三首讀畫閱書，其實也是從文本風景回望寫在故紙書眉邊上的華夷風土與山河歲月，悠悠百年在帝國魅影、戰火煙硝、革命鬥爭、建國風雨、種族紛擾的衝擊流動之間一瞬即過，其中當然也有季風帶上的靜好南洋日常，盡寫在文學文本字裏行間。在馬華文學這塊椰風蕉雨陽光明媚的「自己的園地」，前人種了多少樹，今人如何燒芭翻種，讀本自有箋釋註解，留待讀者尋幽說書。

《時間》裏頭的一些詩作，以及《迷路蝴蝶》的許多作品，都以「時間」為主要命題。在這卷《今年的夏天似乎少了蟬聲》，李有成念茲在茲的是「秩序」。時光無序，但季節嬗遞，春去秋來，晝夜交替，自然界自有其邏輯，詩人無法阻擋時間運轉，但至少可以順時依勢而安，如生態池中鼋龜之疊序。然而這些年偏逢嚴峻疫情，天下社會諸事秩序為之大亂小離，對於人為的失序亂序，詩人看在眼裏，無法阻狂瀾於既倒，難免感慨繫之，故遂有集中這些感時、憂世、諷事的詩作，這當然是詩回應世界、見證時代的效用。

張錦忠，生於馬來西亞彭亨州，一九八〇年代初來臺。國立臺灣師範大學英語系畢業，國立臺灣大學外國文學博士，現為國立中山大學外文系教授。著有短篇小說集《壁虎》、詩集《像河那樣他是自己的靜默》、隨筆集《時光如此遙遠》與《查爾斯河畔的雁聲》。

這是春天

「一朵黃花風鈴木落在佛口」
佛微笑，無須拈花
黃花風鈴木，那麼輕盈
春天淡雅的化身，那麼隨意
彷若冬日最後的一聲歎息
要解開這無常的謎

一朵花豈僅是一個世界
一朵花嘗試訴說的

讓翩飛的蝴蝶，用美麗的
裙襬，撩起整個季節的喜悅
這是春天，風暖暖地吹
樹上盡是新綠，草任由松鼠
翻滾，跳躍。這是春天
一朵花，是一截生命的訊息

一朵黃花風鈴木，悄然
落下，無聲無息
卑微地，落在佛口
什麼事也沒發生
佛只是微笑，無語
或許，因為這是春天

——二〇一九年三月二十日於臺北

附記：

「一朵黃花風鈴木落在佛口」為好友馮品佳句，意象鮮明，深有禪意，我稱之為一行詩，讀之再三，似有體會，因作短詩應和。

在學童之間

在學童之間，朗朗笑聲裏
我看見一片翠綠的樹林
林下柔細的草，初夏的
蟬，隨着笑聲，輕盈地
抖動蟬衣，五色鳥隱身
在枝椏間，咕嚕咕嚕鳴唱
風吹動樹葉，陽光斜穿過
在樹影中，松鼠大方地
分享彼此的喜悅，就像分享

樹與樹之間的秘密。

在學童之間，朗朗笑聲裏
我看見時間在樹林中
徘徊，林下的草枯了又長
蟬聲漸啞，五色鳥在枝葉間黯然
藏匿，松鼠來回驚慌
跳躍，樹與樹之間
深藏着，無法訴說的秘密——
我走在學童之間，想攔住
時間，我大聲吶喊
悵然地看着樹葉，悄然落下。

——二〇一九年九月一日晚於臺北

附記：

二〇一九年八月六日至九日與若干友人赴東馬來西亞砂拉越州古晉參加藝文活動。古晉為故友李永平家鄉，八月七日在永平家人安排下，我們參觀了他少年時代就讀的數所中、小學。抵達永平曾經短暫寄讀的馬當紅橋十一哩中華公學時，見有美祿（Milo）公司的宣傳車免費為該校師生提供飲料冰美祿。我們躬逢其盛，也在熱陽下享用冰美祿。中華公學的小朋友活潑可愛，見來客相當興奮。我招呼一羣小朋友與我合影，經詢問，這幾位小朋友中竟包括了華人、馬來人、伊班人（Iban，又稱海達雅族）及比達友人（Bidayuh，又稱陸達雅族）。小朋友們不分種族，無視宗教，和睦友愛，快樂學習，與深為種族政治所苦的一般馬來西亞社會大異其趣。本詩中提到的五色鳥為臺灣常見禽類，因身上有紅、黃、藍、綠、黑五色而得名。這個世界原本多姿多采，一隻鳥身上五種顏色能夠和諧融合，對世人豈能沒有啟發寓意？本詩詩題借自愛爾蘭詩人葉慈（W. B. Yeats, 1865-1939）名詩“Among School Children”，惟內容與葉慈之詩無涉，特此聲明。

羣龜

四月連日春雨過後
難得綬草和小葉桑都含羞露臉了
要招呼雨水清洗過的嫩葉
展露放晴的面容
一羣人架起了相機
苦守着樹梢上的五色鳥
松鼠三三兩兩繞着樹身躍上躍下
逗弄着笑聲朗朗的孩童
那麼究竟要如何

如何放下愴懷的心緒？

只有生態池中的鱟龜
一字兒列隊排開
或低頭或昂首，全心全意
要迎接久違的陽光，把沉鬱的
爛泥吐盡，把忐忑憂傷
深埋池中。白鷺鷥嘎嘎羣飛
水鴨呱呱划水，某種秩序
正在形成，在春日中
羣龜不惜展演一場
連日雨後的心情。

——二〇一九年六月二日晚於臺北

秋日寄張錯——讀〈鹽柱〉有感

要如何形容阿勃勒的金黃花串
倏忽間換上了長莢果呢？
我聽那蟬聲，像野薑花那樣
逐漸萎蔫，幾片水黃皮的
枯葉，毫不掩飾地，在我眼前
翻飛，飄落，要向我描摹
此時臺北的心情。巧巧
傍着我，在大安森林公園
看微風如何穿過竹叢

看秋意如何捎來遠方的消息

你那裏也秋了嗎？據說那裏
天火橘紅了天空，灰燼如雪
據說飛禽折翼，走獸在慌亂中
找不到回家的路。還有失魂的病毒
仍然四處逍遙，流竄，一路嘲弄
這個任性的世界。鬧季節病的
種族暴動，也趕來召喚歷史的
幢幢鬼魅。既是秋了，聽蟬聲
漸行消隱，也罷！且換另一種
心情，看世界何以要如此執拗

——二〇二〇年九月十四日於臺北

附記：

張錯有詩〈鹽柱〉刊《文訊》第四一九期（二〇二〇年九月號），詩題典出《舊約・創世紀》(19:1-29)，所敘主要為耶和華以硫磺和天火毀滅罪城所多瑪與娥摩拉的經過。城毀之前，天使要義人羅得帶領家人逃命，並囑咐「不可回頭看，也不可在平原站住」。羅得之妻竟違反上帝旨意，逃命時「在後邊回頭一看，就變成了一根鹽柱」。拙詩首節提到的巧巧乃我家馬爾濟斯小狗，甚得張錯與其千金小雅之寵愛。

落葉——兼寄張錯

無邊落木蕭蕭下
不盡長江滾滾來

——杜甫，〈登高〉

我要到垂暮之年，教歲月
折騰得耳聰目明之後，恍然間
像翻閱老友的新詩集那樣
約略讀懂落葉的輕聲喟歎
稍稍能夠辨解其中的殘敗敘事

跌宕起伏的意象，佈滿窸窸窣窣的
記憶，在秋冬之際，努力描摹
春夏蹣跚遠去的足履，虛虛實實
那些疏落的痕跡，深淺不一
然後呢？然後要將這一切串成風景

濃蔭翠綠的風景，蟬鳴唧唧
白鷺鷥飛過，水鴨竟將生態池
戲耍成江湖，讓羣龜伸頭昂首
在阿勃勒早發，紫荊始綻的
暮春初夏，當眾樹萌醒，日昇
月落，無非為了論證聚散的
旋律，而我要到垂老之後
看落葉在眼前翻飛，飄下
在靜默中，我漸能讀懂某些喧嘩

某些哀傷，就如翻讀老友的新詩集

——二〇二二年三月六日深夜

掃葉人

掃葉人仍在忙碌
整個冬日，他忙着昂首
低頭，忙着收集斑斕往事
有鳥自樹梢飛過，枝椏光禿
纏繞着季節最後的音訊
最後一隻五色鳥
據說已經隨同伴黯然離去
賞鳥人也收起了行囊
告別那藏在綠葉中的

歲月容顏

掃葉人仍在忙碌
只因為這世界總是不忘
依時序運轉，枯葉翻飛
原不過是既定功課
這座樹林，無悲無喜
滿地蕭索，只是曾經蒼蒼鬱鬱
掃葉人輕踩着落葉
他弓身把落葉堆成時間
把時間堆成記憶，留下的
竟是幽邈難解的空寂

——二〇二〇年三月三日於臺北

輓詩二十行——送別楊牧

While the tree lived, he in these fields lived on.

——Matthew Arnold (1822-1888), "Thyrsis"

我深夜獨坐讀詩
春雨淅瀝，像邈遠的記憶忽斷忽續
整座城市籠罩在漸濃的憂鬱裏
半睡半醒間，囁嚅低語
茶涼後，時間也跟着涼了
除了詩，此刻還能說些什麼？

聽說你已經離去，詩掩卷了
心情漸老，在語言猥瑣的年代
我們曾經尋思，詩，如何
可能演出卑微的抗議

往後你還會寫詩嗎？還會有人問你
公理與正義？你這樣轉身
踩着落葉窸窣，想要留下
怎樣的身影？南港多雨
可四分溪枯淺，游魚仍然勉力
在水中描摹優雅與淡漠
我緬然記得，我們也喝過
一些酒，甚至談過一些詩
就像現在，春夜有雨
我獨坐讀詩，在語言疲累的年代

——二〇二〇年六月一日於臺北

附記：

我初識楊牧當在一九七七年左右，他自美國返臺在國立臺灣大學客座，我則在臺大外文研究所念碩士，不過他主要在博士班授課，因此我沒有機會跟他上課。其時我分租陳鵬翔（陳慧樺）住處，另一位隔房分租者為高天恩，楊牧不時至陳鵬翔住處喝酒，我那時年輕，也喝些啤酒，因此多半也會在場作陪。除了楊牧，經常在座喝酒的還有羅門、蓉子、林綠等。我和楊牧雖然很早就認識，不過他早年在美國教書，我們見面的機會不多，即使他後來回到花蓮，創設國立東華大學人文社會科學學院，我們見面也多在多人的公開場合。反而是他擔任中央研究院中國文哲研究所所長那幾年，剛好我是歐美研究所所長，因為共事，公私兩便，我們過從較多。楊牧退休後我們就很少再見面。我只有偶爾向須文蔚探聽他的健康情形，知道他要靜養，因此始終不敢去打擾他。不過我自年輕時就親近他的詩和散文，至今仍不時翻讀他的詩集與散文集。他是位可敬的詩人和散文家。楊牧，本名王靖獻，早期筆名葉珊，一九四〇年九月六日生於花蓮，二〇二〇年三月十三日逝於臺北，享年八十歲。本詩提到的四分溪為流經中央研究院的一條小溪，楊牧至中國文哲研究所上班必定路經四分溪。

過霧臺谷川大橋

出了高雄，經山地門
一座路橋自隘寮北溪谷地拔高
聳起。我們要如何想像，曾經
「羣山忽焉消瘦，注千頃水份」
要摧倒，要吞噬，一路怒吼
一路嚎啕。那個夏天
山羌與野豬驚嚇，土地顫慄
漂木與泥石像失魂的傳說
在暗夜裏慟哭，那個註定

要刻在石碑上的夏天。

一時之間羣山緘默無語
彷彿失去了記憶，河床
砂石靜寂，斷流或寬或窄
橋頭旁獨留石碑對遠山沉寂
我們清晨路過，路邊成羣的
太陽花，橘黃色的花
招來帶有山氣的消息
竟教蝴蝶鬼魅般自花間
驀然飛起，望向雲空
這冬日難得的驚喜。

——二〇二〇年十二月十六日於臺北

附記：

二〇二〇年十二月五日與友人訪屏東縣神山鄉與霧臺鄉魯凱族部落，過山地門後不久，即可見霧臺谷川大橋，平躺着橫跨隘寮北溪（屬荖濃溪支流隘寮溪之支流），橋墩高九十九公尺，橋長六百五十四公尺，寬十公尺，為目前臺灣最高的公路橋樑，初建於二〇一〇年十二月十三日，三年後於二〇一三年十月五日通車。此地原有橋樑鄰近魯凱族伊拉部落，俗稱伊拉橋，官方多稱第一號橋。二〇〇九年八月上旬莫拉克颱風襲擊臺灣，帶來超大豪雨，山洪暴發，大量土石流不僅導致當時高雄縣甲仙鄉小林村小林部落滅村事件，伊拉橋也因隘寮北溪暴漲而被沖垮，交通中斷，霧臺地區頓時成為孤島。莫拉克颱風造成的災情後來統稱八八風災，現霧臺谷川大橋橋頭路旁即塑有紀念碑，誌當時救災人員犧牲生命的感人事蹟。本詩第一節第四行有「羣山忽焉消瘦，注千頃水份」一句引自楊牧〈山洪〉組詩第五首〈死亡的浮標〉，特此聲明，並藉此向詩人致敬。

過旗津

入夜後，正在翻修的
天后宮依稀記得
那些年，賣蝦餅的女孩
稚嫩的招徠聲，車道上
彷如盛夏嘈雜的鳳凰木林
燈火如花，燃燒着夜
我們是賞花的人
一路聽盡繁花忙碌的叫鬧
旗津就像騷動不安的

年輕過客，教我們忘了
如何懷舊，如何記得

歲月。鳳凰花謝過後
枝椏瘦弱，葉落遍地
獨留夏日最後的回憶
像辦桌過後的廟埕
散席後的落寞，旗津的夜
「那麼靜，那麼靜
連風也聽不到，聽不到」
車道旁，餐廳老闆獨向我們
低語，不遠的海上
汽笛聲，兀然驚破夜空

——二〇二一年三月十七日於臺北

附記：

二〇二一年三月四日夜宿高雄，張錦忠邀我與單德興、馮品佳等至旗津享用海鮮晚餐。過去二十年我常到高雄參加學術活動，至旗津用餐也屬常事。旗津以海鮮名，早幾年海鮮餐廳生意鼎盛，有時用餐甚至須與他人併桌。可惜近幾年好景不再，街頭冷清，令人唏噓！三月四日晚過旗津，餐廳門可羅雀，遊人稀落，有時竟至空無人影！此情此景，驚嗟之餘，心實深有不忍與感傷，故乃以詩誌之。詩第二節有「那麼靜，那麼靜／連風也聽不到，聽不到」二句，乃出自電影《世界》之插曲〈烏蘭巴托的夜〉。《世界》乃導演賈樟柯二〇〇四年之作，敘述大陸北漂青年之愛情與生活，再現底層民眾在現實世界中的苦惱與掙扎。

夜宿高雄——寄張錦忠

「古今多少事，漁唱起三更。」
——（宋）陳與義，〈臨江仙．夜登小閣憶洛中舊遊〉

除了海上燈火明滅，此刻
就剩下寂靜。睡意如咖啡餘香
在似醒非醒間，飄忽
這海港的春夜，在冷氣聲中
咻咻然沙啞，留下一種風華
叫過去，像難以描摹的

魅影，在漸老的歲月中
來回叩問：在海鷗選擇緘默以後
誰還會留戀歌唱？誰還會
在睡眼惺忪間歎息？

我深夜臨窗獨坐
看海上數盞燈火
無星無月，來不及回首
半個世紀的驚愕，潮汐
無聲，唯獨黯夜裏的船影
像定格的記憶，要如何
剪裁？如何在浮沉中歸檔？
罷了！天亮後誰還記得
夜裏的船影？那些浪花水痕？
除了寂寥，以及僅有的咖啡餘溫

——二〇二一年六月八日於臺北

附記：

二〇二一年四月十六與十七日在高雄參加科技部「以文淑世：醫療人文跨領域研究計畫」與國立中山大學人文研究中心合辦的「雨後霓虹：醫療、文學與生命敘事論壇」。我在十七日上午以〈患者的視角：有關冰谷的疾病書寫〉為題發表演講。第一天（十六日）的論壇活動結束後，主辦者馮品佳與張錦忠邀宴與會學者於哈瑪星碼頭附近的女爵莊園，宴後並為我慶生。在座者多為好友門生，令我備感溫馨。是晚寄宿於西子灣碧港良居商旅，窗外可見高雄海港，港灣多有貨輪停泊，燈火明滅間，不免思前想後，離散五十年，感懷頗多，因而有詩。時值新冠疫情嚴峻，詩成兼寄張錦忠，並期善自珍攝，疫後再聚。

高雄叻沙——再寄張錦忠

要如何為這一碗紅艷艷的
咖哩麵取名呢？——似曾相識
卻又有些陌生，服務生打量着
我們，說着熟悉的華語：
東港的魚蝦，澎湖的透抽
麵是高雄的，屏東的椰漿
咖哩醬料則來自遙遠的檳城
這一碗咖哩麵，彷如異地
生長的大紅花，夏日裏

朝着帶有鹽味的海風，兀自怒放
要如何描摹記憶的步履
蹣跚？離散藉一碗麵
渲染殘存的舊事，像擱淺的
漂流木，要記住森林那片翠綠
高聳的樹幹，頑強的根
陽光從枝葉間穿透歲月
如何因山雨或湍流而剝落
生滅，看浪潮陡頓浮沉
在沙灘上，看夕照蒼茫
——吃麵的人又何來感傷？

——二〇二一年八月三十日於臺北

附記：

這一、二十年來每回到高雄，如果行程許可，張錦忠都會帶我去馬來西亞餐廳用餐。多數的時候我們都會點咖哩叻沙。最早常去的是一家位於左營區孟子路叫咖哩媽紀的餐廳；餐廳叫媽紀，顯然音譯自馬來文makcik，阿姨之意，用以稱呼較年長之女士。果然，女主人來自馬來西亞，先生是屏東人。女主人除諳華語，還能講英語與馬來語。後來先生不幸英年去世，咖哩媽紀也就在二〇一七年七月結束營業。最近幾年我們常去的一家叫Sayang東南亞創意料理，位於前金區的仁義街。Sayang的女主人也是馬來西亞華人，巧的是，她的馬來西亞住家在吉打州的中部小城雙溪大年（Sungai Petani），距我老家的漁村約半個小時車程。新冠病毒肆虐期間，女主人剛好返馬省親，因疫情無法回高雄來，餐廳就交由女兒管理。餐廳有一道娘惹咖哩叻沙，其實是海鮮咖哩麵，味道頗佳，惟我在新馬一帶從未嚐過類似的海鮮咖哩叻沙，高雄這一道相當特別。有臺灣朋友問我餐廳名Sayang是何意。Sayang為常用馬來語，有疼愛、疼惜之意。食物與文化一樣，離散後難免要因地制宜或就地取材，以另一番面貌生存發展，甚至漸漸形成新的特色。高雄之有叻沙因此也不意外。

蟬骸

我訝異於如此強烈的對比
綠色樹籬竟是這般堅韌
讓蟬骸緊抓住秋末
最後的消息。蟬鳴沉寂
彷彿錯過了什麼，堅持要留下
乾枯的形體，只為了證明
這裏曾經盛夏，曾經依時序
盡責地教綠樹濃蔭齊聲詠唱
聲嘶力竭之後，命運

像休止符那樣，一地蕭索
這其中莫非也有什麼啟示
我停步以手機拍下殘餘，卑微
終究也是一生。蟬的歌聲
千迴百轉，一樣有
生老病死，曾經高亢
或是瘖啞，不也都是回憶？
幾番蛻化，幾回聚散
繾綣或是灑脫，誰能告訴我
在時間的逆旅中，遺留的
何以盡是一片蒼茫？

——二〇一九年十一月二十日於臺北

附記：

二〇一九年十一月三日，就讀於名古屋大學的陳奕汎帶我、封德屏及高嘉謙等參訪熱田神宮與白鳥庭園，午後並至著名的蓬萊軒享用蒲燒鰻飯。赴餐廳途中經一住宅區，見一民房樹籬上掛着幾具乾枯的蟬骸，形體呈淺褐色，相當完整，為過去所少見。我以手機拍下蟬骸實景，事後頗有感觸，僅以小詩以誌其事。

今年的夏天似乎少了蟬聲

今年的夏天似乎少了蟬聲
少了熙攘交錯的音色
因為失聲，節奏隨之失序
就像早秋的落葉，枯黃之後
只能勉力拼貼零碎的記憶
瘖啞，紛擾，在季節裏
迷路——險峻的季節，哀傷的
是少了時序的某些儀式
卻多了難以描摹的錯愕

彷彿路過的腳步，急促，凌亂——

在野薑花依然潔白綻放的夏日
我們猛然驚覺，梅雨過後
就是端午，這座城市猶在
睡眼惺忪中，聽政客喋喋不休
沒有夢境，只能惶惑不安地
等待疲憊的蟬鳴。公園裏
松鼠在樹梢來回探聽
靜候鳳頭蒼鷹孵育的消息
我們記得，我們躑躅不前
因為今年的夏天似乎少了蟬聲

——二〇二二年五月十六日於臺北

附記：

大約始自二〇二二年四月上旬，臺灣新冠病毒疫情再現高峰，變種Omicron肆虐，因其傳染力強，當政者又有意放棄兩年來堅持之清零防疫政策，改弦易轍，準備與病毒共存，一時草木皆兵，人心惶惶，至校訂這本詩集時，確診者已超過六百萬人，死亡者也不下一萬三千人。大疫當前，詩的作為與作用有限；或如一九九五年諾貝爾文學獎得主愛爾蘭詩人希尼（Seamus Heaney, 1939-2013）所言，「詩從未阻擋坦克」，寫詩也不在為問題尋找解決之道。詩顯然另有其他效應，或者其他功能。

訪五一三事件受難者墓園

一

烈日或如五十年前
高掛雲空，原來的一片荒地
雜草靜默蔓生，蜻蜓翻飛
蝴蝶翩躚，蚱蜢也伺機躍起
眾鳥啁啾，生機卻乏人聞問
彷若瘖啞的聲音，頑固地
低唱，逐日流轉的命運

風動時，只有雲在窺探
這世間會有什麼消息？

這消息來得突然
這消息究竟有何算計？
晴空烏雲，總不是
自然現象，草木本該
欣欣向榮，竟自根部毒發
枯萎。這消息究竟從何而來？
仇恨如雜草蔓生時
風停止呼吸，烈陽炙熱
遠處有黑煙裊裊升起
企圖遮蔽城市的上空
血腥的消息，從此由現實
闖進歷史的暗夜中

仍然有人記得，這一天：
一九六九年五月十三日

二

於是我們走吧！五十年後
烈日依舊，一如那一天
雜草走出一條荒徑
雨後泥濘，遲到的步履
顛躓難行。我們走吧！
雲俯瞰着，靜聽暴亂後
這五十年的緘默
出奇的緘默，哀傷
或許也是一種啟示
一種等待，像世事浮沉

像時間難以縫合的傷口
難道這竟是一種選擇？

這一方鐵絲網圍籬
一百餘座墓碑，一百餘則
無法流傳的故事
只是來不及訴說，緘默
並非無語，每一座墓碑
不論陌生或是熟悉，有名
或是無名，驚魂未定
五十年仍然不解：
那一天究竟發生了什麼事
要教眾多生命就此
在歷史的巨穴中，苦待安魂？

沒有敘事，沒有碑文
省略的歷史，就只剩下
詭譎，隱晦。沒有素果
也沒有清酒，傷悼
遲了五十年，雜蕪的茅草
年年茂生。烈日高照
越過飄忽的雲層
蜻蜓與蝴蝶來回嬉戲
蚱蜢忽地躍起，禽鳥
在蟬聲中鳴唱，一如那一天
我們走吧！即使再怎麼緘默
不是沒有事情發生。

——二〇一九年七月一日凌晨於臺北

附記：

二〇一九年四月二十四日午前飛抵吉隆坡，接機的許德發與張惠思伉儷隨即開車帶我走訪五一三事件受難者墓園。墓園位於距吉隆坡市區不遠的雙溪毛糯（Sungai Buloh），在一座小山坡上，山坡下為雙溪毛糯醫院所屬的伊斯蘭教堂，稱伊本西那清真寺（Masjid Ibn Sina），醫院就在清真寺旁。墓園另一邊則是現稱希望之谷的雙溪毛糯痲瘋病院遺址，目前已闢建成吉隆坡最大的花卉園藝中心。一九六九年五月十日馬來西亞舉行第三屆大選，執政的聯盟（The Alliance）雖然維持其國會多數議席，反對黨的總得票數卻是首次超過聯盟。五月十一日反對黨在首都吉隆坡舉行勝利遊行，引發執政聯盟成員黨巫統的不滿，因此也舉辦遊行反制。五月十三日終於演變成種族暴動，此即所謂五一三事件。關於暴動原因官方與民間各有說法，甚至死傷人數至今並無定論。雙溪毛糯五一三事件受難者墓園只是民間稱法，並非官方法定名稱。此墓園原為埋葬事件受難者之巨穴荒塚，後經民間整理才略成目前規模，只是整個墓園未見立碑撰文說明悲劇發生原委與經過。五一三事件發生至今已有半個世紀，官方始終諱莫如深，不願多談，民間近年來才逐漸舉行簡單儀式以為紀念。五一三事件發生當時，我住在吉隆坡的衛星市八打靈再也，依稀記得當時氣氛詭譎，真相不明；半個世紀後第一次造訪事件受難者墓園，總覺得五一三的幽靈悠悠蕩蕩，五十年來始終徘徊不願離去。

鼠事

「兩隻老鼠，兩隻老鼠
跑得快，跑得快
一隻沒有眼睛
一隻沒有尾巴
真奇怪，真奇怪。」

——改寫童謠〈兩隻老虎〉

其實並不奇怪
鼠輩猖獗，鼠事荒唐

在深沉的夜裏
未經我的同意
將我的臥室兼書房改頭換面
像電影製片廠那樣
布置成街頭巷尾
讓流氓地痞齊聚
揮動着刀槍棍棒
吱吱呀呀，聲嘶力竭
無非虛張聲勢，狠話說盡
準備一場廝殺

或者將桌椅和書架，像國劇中的
砌末，化身為防禦工事
或是城牆，或是野地戰壕
吱吱喳喳，還以為兩軍

對峙，箭拔弩張
陣前對罵，戰鼓頻仍
喊叫聲震天
眼看就要血流成河

或者如會議室中，雙邊
一字排開，人模人樣
即使握拳跺腳，也要
推着笑臉，折衝樽俎
也是吱吱嘰嘰，捭闔縱橫
要裝進多少玄機，多少
利益，在唇槍舌戰中
又有多少倨傲，多少難堪

我躺在床上，聽鼠輩

吱吱喞喞，放言高論
就像遠行歸來的陌生人
身心疲憊，任鼠事猖狂
就在深沉的夜裏
竟只能歎息，聽無謂的噪音
任睡意被無情撕咬，啃噬
一片片地散落在
茫茫無邊的
荒誕裏……

——二〇一九年六月二日於臺北

附記：

我住電梯公寓八樓，離地面甚遠，近日竟為鼠患所困。這些老鼠白日不見蹤影，夜裏熄燈後開始出沒橫行，如入無人之境。我最初心存善念，以為彼此可以互相尊重，和平共存。不料鼠輩並不領情，心中似乎另有盤算，頗有鵲巢鳩佔之勢。夜裏不僅吱吱喳喳，吵嘴鬥毆，還不時啃噬我的藏書，且專挑精裝洋書下手，顯然將我的書室兼臥室視為糧倉，更嚴重的是干擾我的睡眠，影響我的生活與健康。我忍無可忍，只有收起慈悲心，在超市買了幾片黏鼠板，擺放在老鼠出沒之處。不料一日我無意中竟見老鼠躍過黏鼠板，甚至繞道而行，黏鼠板所設陷阱完全失效。蘇軾有〈黠鼠賦〉，寫其家中老鼠如何裝死逃生，他因此不免感歎「是鼠之黠也」，甚至懷疑人「烏在其為智也」。看來我真的碰上了蘇軾所說的「黠鼠」。本詩在形式上嘗試倣英詩中的模擬英雄體（mock-heroic），雖說規模不大，或許尚可見多少諷喻寓意。

寒蟬

據說寒蟬會有
效應。據說夏日蟬鳴
隨秋風颳起，落葉翻飛
而漸漸瘖啞，衰竭
所謂寒蟬，留下的
無非是茂葉濃蔭的回憶
白晝日短，冬日悄然叩臨
餘暉像日暮的掃葉人
一耙耙地，要將落葉的蒼涼

堆成夏日逝去的璀璨

風吹動樹梢，吹動夜幕
翩然低垂，遮蔽白日的
記憶，有人懷念陽光
耀眼，甚至有些炙熱
穿過樹蔭，蟬聲未必悅耳
甚至吵雜，喧嘩，卻像生活
那樣真實，充滿想像
彷彿微不足道的故事
要以平凡的語言，告訴我們
寒蟬，果然會有效應

——二〇二〇年二月十一日於臺北

告白

我漫步在這陌生的城市
夜雨初歇，靜寂的人行道上
我踽踽獨行，低頭追想
自己引發爭議的身世。我苦思——
何以會流落在這座城市？
人羣，何以紛紛驚慌走避？
何以又要如此激烈爭辯
我與國籍的關係？

霓虹燈彷如紛亂的
訊息，在無邊的夜裏糾葛
路邊的電器商店，有人
躲在電視裏，高聲爭吵——
我既無需護照，也無需
簽證，更無需財力證明
尤其無需邀請文件
就能四處造訪，變身來去
我不請自來，無蹤無跡
無色無味，無聲無息
這與國籍究竟有何關係？

最繁忙的要數救護車，厲聲尖叫
空蕩蕩的小吃店裏，戴着口罩的
老闆娘，瞪着電視裏那些人

漲紅了臉爭辯我的來處——
我搭機而來，乘遊輪而去
既不會選擇膚色，也不在乎人種
既無視於性別，更不理會階級
宗教信仰更是置之不理
眾生平等，來者不拒
因此我在這座城市蹣跚獨行
春雨初歇，冷氣團來襲
暈黃的街燈下，這座城市
籠罩着厚重的空寂
我來回踱步，衡度再三
還是不解——
我與國籍有何關係？

——二〇二〇年三月初稿，二〇二二年六月七日修訂

附記：

二〇二〇年春，新冠病毒（Covid-19）開始肆虐全球，有些國家對於入境者採取嚴格規定，一時身分政治上綱上線，歧視與仇恨甚至凌駕人權或公民權。這首短詩議題並不複雜，形式上採獨白體（monologue），視之為告白詩（confessional poetry）也無不可。我早年讀英美詩，這種類型的詩讀過不少，受到啟發是很自然的事。這類詩語言較為直接，雖未必直抒胸臆，卻也較忌隱晦，拿捏之間最費功夫，這一點顯然與其詩體性質有關。詩中的角色（persona）未必是詩人本身，可以是創造的人物，甚至是動物或某種概念。這種角色如同面具，就像這首短詩中被擬人化的病毒一樣。

新冠病毒徹夜未眠

陰陽失位，寒暑錯時，是故生疫。

——曹植，〈說疫氣〉

其一：人類世

新冠病毒徹夜未眠
他輾轉反側，追懷
往事，也曾悠遊山林
冬去春來，歲月無爭

萬年一瞬，在穠華綠蔭中
自在徜徉。風穿過密林
輕身獨舞，雨撲打枝葉
沿着樹身，要教根鬚粗壯
他的故事就從洪荒開始
在人類世之前，羣獸在
時間緊閉的大門外
嬉戲，蔓藤與粗壯的樹身
纏綿，飛禽屏息，靜聽
大門外，歷史的腳步要如何
邁出，在滾動的江河中濯足
然後蹣跚前進？他的故事
在日昇月落中，默默等待
不知如何開始，又會走向
何處，這千年萬年

相安無事的寂靜。

其二：後人類世

新冠病毒徹夜未眠
他輾轉反側，日夜奔波
屢次變身，變身即成劫難
只因山林毀棄，殘存的
是家園陷落的消息
他在倉皇中流竄，惶惑於
節氣的敗壞，細節彷如
纏繞的根莖，當萬物錯位
歷史要如何梳理？如何
謄寫漫漶的情節？
在後人類世，時間敞開

記憶可以重新來過
海洋、河流、濕地、藻礁，甚至
卑微的黑熊、石虎、水獺、穿山甲——
在共生的世界，讓記憶像羣蝶
那樣色彩斑斕，每一個色彩
都繪寫着純真美麗的敘事
愛，需要學習，據說這是
最後的機會，雨林和冰山
沙漠與草原，就這樣唱着各自的歌

——二〇二二年五月二十七日凌晨於臺北

附記：

本詩詩題〈新冠病毒徹夜未眠〉諧仿普契尼（Giacomo Puccini, 1858-1924）最後一部歌劇《杜蘭朵》（*Turandot*）中的詠歎調〈徹夜未眠〉

（"Nessun Dorma"，又譯成〈公主徹夜未眠〉或〈今夜無人入睡〉）。此曲由王子卡拉夫（Calaf）演唱，敘杜蘭朵公主命全城百姓不得入眠，拂曉前必須為她尋得卡拉夫王子，否則只能受死。此外，本詩提到的人類世（the Anthropocene）一詞雖然用於地質學，但是從英文字根了解，實與人類活動關係密切。至於人類世始於何時，各方說法不一。較寬鬆的說法是始於一萬兩千到一萬五千年前，也就是人類學會農耕技術之時。也有謂應該始於一七八〇年前後，時當瓦特（James Watt, 1736-1819）發明蒸氣機，引發工業革命，並因此改變了人類的生產模式與社會關係。更有人認為應該始於一九四五年美國成功研發原子彈之後。不論哪一種說法，人類世顯然標誌着人類的活動對整個地球生態所造成的巨大衝擊。這些衝擊的負面影響如今已經顯而易見：大量的能源耗費，自然生態遭到破壞，氣候急驟變遷，全球暖化日趨嚴重，許多物種瀕臨絕滅，人類世界的永續發展面臨嚴酷的挑戰。病毒很可能是眾多負面影響所帶來的惡果。而在病毒肆虐之後，如何想像一個萬物共生，多樣共存的後人類世的世界恐怕是無可迴避的當務之急。晚近有後人本主義（posthumanism）、地球主義（planetarianism）之類的說法，無非建立在去除人類中心論（anthropocentrism）的基礎上，相信眾生平等，地球為各種物種所共有，人類不應該霸佔地球的中心，繼續無止境地宰制其他的物種與生命。

阿勃勒

我從沒見過如此哀戚的
阿勃勒，初夏雨後
在薄暮中，垂着花串
金黃色的花串，囁嚅着
惴惴不安的心事
在枝葉間，膽怯地搖頭
彷彿要說些什麼
卻教不識趣的蛙鳴驚擾
這任誰也不忍撕開的

無邊沉寂

我從沒見過那麼無助的
阿勃勒，急切地守護
那些垂掛在花葉間的
長莢果，像守護季節的
秩序。風雨急驟掠過
五色鳥驚飛，鳳頭蒼鷹
忘了繁殖，疏落的
殘花，為滿園的憂傷
獻祭，連一向歡騰無憂的
松鼠，也知趣地噤聲藏匿

即使空氣也爭相凝固的
城市，氣喘吁吁地

戴着口罩，不知道如何開口
抗議，如何複誦新近流行的
用詞，又如何旁觀一齣非關
善惡的鬧劇。傍晚六點鐘
當憂鬱像暮色自四面八方
蹣跚而來，我瞥見公園裏
認識多年的阿勃勒
兀自在驚怖中低聲歎氣

——二〇二一年六月二十一日夜於臺北

附記：

阿勃勒，原名阿勒勃，譯自梵文āragvadha，《本草綱目》訛作阿勃勒，英文稱黃金雨樹（golden shower tree）。阿勃勒樹高十餘公尺，冬季落葉，夏季則葉茂濃蔭，初夏開花，呈金黃色，一串串垂掛於枝葉間，長可二、三十公分。花謝後結長筒形不開裂莢果，亦垂掛於枝葉間，有時樹上有花有果，蔚為奇觀。臺北大安森林公園有阿勃勒樹數棵，每至夏日，滿樹黃花串串，美不勝收。今年阿勃勒花開，正值大疫肆虐，公園遊人稀落。某日傍晚雨後，我偕家中小狗巧巧在公園散步，見阿勃勒黃花盛開，樹下間有殘花。我與巧巧在樹旁佇立良久，滿園寂靜，大疫當前，雨後看花，不免興悲，乃有詩以誌其事。

我走下和平東路

我走下和平東路
暮色稀薄，從四面八方
襲來，在大安森林公園
公車站旁，有人戴着口罩
匆匆路過，或者閃躲，走避
有一隻蟑螂，自站旁的
垃圾桶，忽地快步向我衝來
在我的鞋尖前，將我攔住
我猛然停下腳步，我知道

就在我舉步剎那之間
對蟑螂可是生死抉擇
我低下頭來，不解地
與蟑螂對視，只見牠
鼓着褐色的油亮身軀
伸長觸鬚，彷彿揮動手臂
要向我示威，或者想要說些什麼

我抽身後退，俯下身來
稍稍整理口罩，我瞪着
眼前的這隻蟑螂
那麼慧黠，詭秘
我彷彿看見，牠的身後
蜂擁而至，竟是牠數不清的
同胞，油亮的褐色身軀

百根千根的觸鬚，慌亂地
揮舞示意，我怎麼也無法理解
牠們的嘶喊，尖叫
如此淒厲，就像深夜裏
鼠類吱吱唧唧，一團
混亂，或者像停電的
黑夜，茫然不知方向
我不知道如何解碼
牠們陌生的語言，究竟
是傷悲，欣喜，或是恚怒？

牠們或許只想知道
熙攘的過路人，何以神色慌張
戴着口罩，何以沒有人
停下腳步，理會牠們的囂鬧？

霧氣模糊了我的眼鏡
我睜大了眼睛，薄暮中
竟然無法辨識，牠們的面貌
這世界充滿了神奇
不管我相不相信，空洞的
語言，像蟑螂胡亂揮動的
觸鬚，教人惶惑，如何可能
在亂流中教人辨別風向？
如何可能形成符號，密藏着意義？

我終於了解，再怎麼努力
怎麼謙卑，蟑螂的世界詭譎
而謀鬱，間中未必有什麼
規律，像殘破的夢，清醒後
要如何撿拾碎片，如何拼貼？

我於是黯然別過頭去
抬腳繞過鞋尖前的蟑螂
牠的聲音漸漸沙啞
彷如自高處跌落，觸鬚
無力地動了動，牠的表情
晦澀，顫顫巍巍，挪動牠疲憊的
身體，向車站旁的垃圾桶
蹣跚爬動。我帶着歉意
端正我的口罩，向靈糧堂的
騎樓走去，忽地聽到有人高唱：
「哈利路亞！哈利路亞！」

——二〇二一年六月二十五日下午於臺北

附記：

我有敘事詩〈鼠事〉一首，詩仿英詩模擬英雄體（mock-heroic），寫眾鼠如何目中無人，橫行無忌。既寫鼠禍，豈能厚此薄彼，不寫蟑螂之亂？二〇二一年五月中旬，臺灣大疫再起，人人自危，一時風聲鶴唳；時值初夏，正是各路蟑螂肆虐之時。蟑螂又作甲由，閩、粵、潮等方言似多演繹自此名稱。蟑螂種類繁多，據考其歷史在三億多年以上，其生命頑強，故有小強之暱稱。據說見一蟑螂，其未見者當在數百上千。人多嫌惡蟑螂，惟蟑螂遊走人世，靠的卻多是人所遺留之廚餘垃圾，其中之共生關係，頗多玄機。大疫當前，我依防疫指南，平日深居簡出，外出則必以口罩守護口鼻，行色匆匆之間，時見蟑螂橫空而出，於人行道上橫行無阻。此為本詩之緣起。本詩仍採〈鼠事〉一詩之敘事體，借助英國玄學詩派常用之奇喻（conceit），輔以簡單之魔幻寫實，無非寫抗疫期間之奇情怪事。詩末提到的靈糧堂建於一九五四年，位於臺北市和平東路上，面對大安森林公園，為臺北市著名基督教教會。

我寫詩的理由——仿谷川俊太郎〈我歌唱的理由〉

我寫詩
是因為一對老年夫婦
被開罰單了，他們的玉蘭花也被沒收
一對老年夫婦

我寫詩
是因為一位中年男人
被開罰單了，他的栗子和炒鍋也被沒收
一位中年男人

我寫詩
是因為一位年輕男人
被開罰單了，他的開口笑和大鋁盤也被沒收
一位年輕男人

我寫詩
是因為一位水電工人
被開罰單了，他拿下口罩在早餐店前吃蛋餅
一位水電工人

我寫詩
是因為一位外賣小哥
被開罰單了，他除去口罩躲在樹下吃便當
一位外賣小哥

——二〇二一年六月十二日於臺北

附記：

谷川俊太郎為當代日本著名詩人，其〈我歌唱的理由〉一詩之中譯收於：田原譯，《谷川俊太郎詩選》（臺北：大鴻藝術合作社，二〇一五），頁一四四—一四五。當然我寫詩還有別的理由，不只這些而已。順便一提，臺灣因新冠病毒疫情關係，人民外出依規定必須戴口罩，否則重罰。

哀歌：很多孩子走了

The Child is father of the Man.

——William Wordsworth (1770-1850)

因為飛彈，很多孩子走了
因為戰機，很多孩子走了
因為坦克，很多孩子走了
因為槍支，很多孩子走了
因為病毒，很多孩子走了

春天依然是春天
夏天依然是夏天
秋天依然是秋天
冬天依然是冬天
要發生的依然要發生
春天不再是春天
夏天不再是夏天
秋天不再是秋天
冬天不再是冬天

雨落在海上
雨落在河裏
雨落在山林間
雨落在田野中
雨落在鄉鎮

雨落在城市的巷弄
只是雨不會，不會落在——
權力的迴廊。

——二〇二二年六月三日於臺北

附記：

我早年習英美詩，知道有elegy一類，中文譯成輓詩或哀歌。英美歷代著名詩人如彌爾頓（John Milton, 1608-1674）、楊格（Edward Young, 1683-1765）、葛雷（Thomas Gray, 1716-1771）、雪萊（Percy Bysshe Shelley, 1792-1822）、阿諾德（Matthew Arnold, 1822-1888）、惠特曼（Walt Whitman, 1819-1892）、康明思（e. e. cummings, 1894-1962）、奧登（W. H. Auden, 1907-1973）、羅威爾（Robert Lowell, 1917-1977）等皆有此詩類名作傳世。這些名作悼念的對象既有個人，也有羣體；一般而言，這些輓歌或哀歌的題旨主要環繞哀傷與愛發展，規模較大者通常包含以下內容：

一、對死者的哀悼；二、對死者的愛慕與崇敬；三、對死者的離去深表惋惜與不捨；四、最後通過悼念而獲得心靈的撫慰。我上一本詩集《迷路蝴蝶》裏有〈卡拿〉、〈出海——祭永平〉、〈我只有寫詩悼念您〉諸詩，以及近作〈輓詩二十行——送別楊牧〉等都屬於輓詩或哀歌，只是內容較為自由，未必遵循英詩上述的傳統。這首〈哀歌：很多孩子走了〉亦可作如是觀。本詩與〈卡拿〉一樣，都是在悼念孩子的離去。生關死劫是人的大事，尤其是孩子，他們被剝奪了成長的機會，來不及了解這個世界，他們的離去不僅是父母至親椎心之痛，也是國家社會無法彌補的重大損失。

石榴——寫陳瑞獻近作《方廣華嚴》

陳瑞獻創作了一幅《方廣華嚴》
一時滿園紅彤彤的石榴
滿園枝葉花果，翩翩然，繾綣
纏繞着無聲的樂音，以繁複的
舞步與手勢，要合力演出
一齣大型舞劇，一時色彩紛飛
渾然天成，連隱身藏匿的禽鳥
也歡聲雀躍，就如初醒的春日
叫喚着時序，蟲豸探出頭來

甚至忘了季節的嬗遞

滿園的喜悅，像大疫之年
廢墟中抽長的一地花草
萌動着，微風拂過
悲憫的風，將鮮潔一層層地形繪
石榴——一顆顆圓滿的石榴
肆意展現誘人的香氣
盛開的花，在落地之前
歷無邊劫海，竟換來
蜂蝶明朗綽約的歌舞
要忘掉腐朽衰亡，所有的荒蕪

陳瑞獻創作了一幅《方廣華嚴》
在我垂暮之年，再看到喧鬧

如何藉枝葉花果，以新的秩序
重新來過。喧鬧是勃發的
生機，想像河中水流，在石堆前
如何激起水花，鼓翼的，水中游的
都是生命的律動，「如輪日出
照明世界」，我看到一顆顆
飽滿的石榴，要爆裂，要迸發
要捨棄如漂流木般擱淺的諸多殘餘

——二〇二二年六月二十一日夜於臺北

附記：

二〇二二年六月十八日新加坡友人潘正鐳來函，附寄陳瑞獻二〇二〇年油彩近作《方廣華嚴》圖影，我一見就滿心歡喜。畫中枝葉纏繞，律動神奇；枝上可見花果，眾多石榴飽滿成熟，生機處處。這兩、三年因大疫肆虐，整個世界為病痛與死亡所苦，無常幾成正常。瑞獻的畫展現了生命的頑強堅韌，雖大疫當前，但希望勃發，自然豐美。在佛教禮俗中，石榴一花多果，一果多籽，故又稱吉祥果，為水果供品中之上選。華人習俗同樣因石榴多籽，象徵子孫滿堂，家族繁衍，也多視之為吉祥果。在接獲正鐳來函當天夜裏我忽得一夢，夢中偕同門好友單德興，在正鐳陪同下再訪瑞獻於古樓畫室，因而得見《方廣華嚴》真跡，自是欣喜萬分。時值中午，瑞獻乃以新加坡美食款待。這幾年為疫情所困，此時老友難得再見，分外喜悅，正當喜悅之際竟倏忽夢醒。日思夜夢，似乎確有其事！瑞獻近作《方廣華嚴》顯然指涉《大方廣佛華嚴經》，即一般簡稱之《華嚴經》。此經向被視為佛典中最浩瀚廣博者，開卷即敘世尊成道後，初會文殊、普賢等大菩薩於摩竭陀國阿蘭若法菩提道場，為諸大菩薩說法證道；此時只見菩提樹「寶葉扶疏，垂蔭如雲；寶華雜色，分枝布影，復以摩尼而為其果，含輝發焰，與華間列。」我讀瑞獻所作《方廣華嚴》，其中之石榴花樹，總覺得隱然若現所投射者宛如《華嚴經》中之菩提樹。本詩第三節有「如輪日出／照明世界」句，出自《華嚴經》卷一，特此聲明。

手術檯上

我竟然只能以全副心神
睜着左眼。年輕醫師間歇地
將液體滴入，冷冽的液體
隨着主治醫師的指示
讓眼球微微上下左右
移動：我恍然看到一口老井
在我童年的老家，清澈的水
一條鰱魚優雅地來回游弋
井壁上蘚苔零落，蔓生着歲月的

沉邃。主治醫師接着說：
「可能會有些酸麻，忍耐一下。」
「還好。」我低聲回應
生怕驚擾了手術室裏的靜謐
我的肩膀緊繃，眼前
浮現着熟稔的老井——
一口漸枯的老井，多年以後
我披着缺憾，拖着疲憊
悄然踩着落葉，躡足歸來
老井邊，板凳上的母親
囁嚅低語：「回來了！」
彷彿憂心聲量會不小心攪動
日漸混濁的井水——
枯草般的蘚苔，攀抓着井壁
一片枯葉，輕盈地飄落

井中，那麼不捨。「鏈魚沒了。」
我恍然看見一口久違的老井
看見記憶就像漸枯的老井
在我屏息，往下探首時——
「完成了。」年輕醫師說：
「請閉上眼睛。」濕紙巾
繞着我的眼眶來回拭擦
「現在要幫你包紮。」
「花了多少時間？」
「十三分鐘。」護士輕聲說。

十三分鐘的簡短情節
竟繞了那麼一條長路
宛若一則跌宕起伏的故事

是虛是實，是隱是現
層層黑影在時間的長廊來回晃動
就如複疊的迷霧，等待一縷微光
從樹葉密林中穿梭而來，攜帶着
舊日逐漸模糊的顏彩——悠遠的
殘存的記憶。

——二〇二二年八月二十六日於臺北

附記：

二〇二二年八月十一日（週四）上午十一時許，我在臺大醫院東址大樓動左眼白內障手術，由黃振宇醫師主持。手術前一天必須至臺大第三篩檢處快篩，確定陰性後才能進行手術。實際的手術時間為十三分鐘，過程順利，多年來閱讀時困擾我的黑影不見了。手術後，我之前的助理曾嘉琦說：「老師，應該有詩，而且應該要有寓意。」詩成後，我吟誦再三，是否深有寓意，應該由讀者自作解說。眼睛就如世間某些事物，久用後難免日趨愚鈍，清明漸失，甚至造成是非混淆，真假不分。孟子說的，「世衰道微，邪說暴行有作」，看來真有其事。白內障手術乃不得不爾的選擇，朗朗乾坤，無疑是手術之後的最大期待。

告別印度黃檀

有些事確實無法挽回
聽說你就要走了，就在
詩人說的殘酷的四月
褐根病怎麼就這樣
教我們措手不及，匆匆
趕來向你道別——一時慌亂
訃聞上竟不知如何敘寫
你的身世：據說那還是
昭和初年，隔海而來的

帝國，隔海也把你移居過來

所幸這是傳說中的沃土
羸弱的可以茁壯，疲勞的
可以休憩，你綿密的根鬚
在泥地裏粗壯，歲月終究把離散
活成葱蘢，繪成翠綠，從陌生到熟悉
從帝國到民國，鳥叫，蟬鳴，鐘響
更有讀書聲，縱使不見荒野遼敻綿邈
大王椰、老樟樹、水黃皮、杜鵑、苦楝
蒲桃、流蘇、醉月湖，不也就是谷壑山林？
風來雨去不也就是滄桑？就是江湖？

我們趕來向你道別
千山萬水，在時序裏衰朽

所有喧鬧的終須沉寂
所有璀璨的終須黯淡
榮枯是不變的旋律，幕落
之後，熙攘不再，我們屏息
靜待，你的最後一片落葉
帶你回到記憶中的舊林，回到
枝葉初長的迷惘，暮色來襲
枯葉落盡，竟是一片蒼茫

——二〇二二年九月二日晚於臺北

附記：

我在一九七六年秋季進入國立臺灣大學外文研究所就讀，後來擔任兼任教職，至二〇一六年夏天送走最後一後博士生，才正式辭去兼課的工作，在臺大先後四十年。漫長的四十年，雖是兼任教師，卻也看盡這些年來臺大校園的種種變化。我四十年中主要的活動地點當然是文學院。在文學院大樓右方庭院靠近走廊的地方有一棵大樹，我常從側門進入文學院，那就一定會從大樹旁走過。印象中四十年前這就是一棵大樹，幹粗，枝繁，葉茂，大樹就是文學院的一道風景，就是文學院理所當然的一部分。二〇二二年四月間新冠疫情再起，一日忽然聽中文系的高嘉謙說，這棵大樹染上了褐根病，經臺大植物教學醫院和植物病理與微生物系幾位教授診治後，發現病情嚴重，多次施藥，仍然搶救無效，不僅樹身必須移除，樹根也得徹底清理，因為褐根病起於根部，土壤也會受到感染。直到大樹出事之後，我才知道伴隨文學院師生數十年的這棵大樹是一棵印度黃檀（Sisso Tree, Sisso Rose-wood），原產地為印度，據說是在一九二八年臺大前身的臺北帝國大學建校時移植過來的，至被移除之時樹齡已近百歲。這棵印度黃檀顯然也是離散的一分子，告別舊林，在臺灣這塊土地上茁壯成長，開枝散葉，更在臺大校園內見證近百年的歷史嬗遞，人事變遷。黃檀被移除前，我曾兩度造訪，一次與張貴興和高嘉謙同來，另一次則由我家巧巧陪同，在薄暮中再看黃檀最後一眼。尤其是第二次，文學院庭院靜寂，暮色蒼茫，見老樹兀自佇立，不知自己命數已定，一時頗感哀傷。生老病死原是大自然的規律，樹木也無法倖免；所幸這棵印度黃檀在被移除之前已長出再生株，下一代繁衍有望，文學院也已開始復育這棵再生株，若干年後，相信新一代的印度黃檀會再見綠葉濃蔭。

秋夜讀《南洋讀本》有感

夜裏有雨，隨梅花颱風間歇地
掠過，聽說颱風會一路向北
緩慢移動——此刻燈下最宜讀書
一杯咖啡，一塊棗泥月餅
安靜的文本瞬間熱鬧起來
颳起了季候風，一時眾人羣聚
隱隱約約，鄉音自遙遠的海上
傳來，風帆過處，櫓聲不斷
就一路向南，幾波漣漪之後

留下的竟是諸多曲折的離散聚合

我合上書，臺北的秋夜
靜謐，卻又充塞着淺薄的
政治命題，喧噪不安的空氣
彌漫着有關身分的爭辯
紊亂的手勢像失靈的交通燈
除了誇示顏色，剩下的無非是
空泛的言語。我側耳靜聽
連日風雨，踉踉蹌蹌
厚重的文本，彷如歷史的沉沉步履
海上多霧，海上也多傳奇

設想熱帶憂鬱，反覆的情節
在膠林、錫礦、油田、棕櫚園中

在種族暴動與戰爭之間
即使再增刪修飾，故事漫漶
故事重重疊疊，每多歧義
不若批評家論證華夷之變
或者為風土另訪新意
時間就在淚光中顛躓慢行
我在燈下讀書，垂老之年
眼前竟是一部有風有雨的讀本

——二〇二二年九月二十六日於臺北

附記：

這首詩所指涉的文本為：王德威與高嘉謙主編，《南洋讀本：文學・海洋・島嶼》（臺北：麥田出版，二〇二二）。詩第三節有「華夷之變」與「風土」之說，請參考王德威為本書所撰寫的〈華夷風土——《南洋讀本》

導論〉一文。詩開頭另提到的梅花颱風，為二〇二二年太平洋颱風季第十二個中度颱風，九月十一日至十二日之間經臺灣北部外海，往東海移動，對臺灣並未造成災難，卻意外地帶來充沛的雨水，正好解除旱象。

蚊災

我幾乎可以確定，這隻蚊子
還很年輕，細小的身影
掩飾不了牠的稚嫩
牠竟然不理會床頭燈仍然亮着
我正在翻讀《給奧菲厄斯十四行》
懷想着遠在洛杉磯的譯者
正當我翻到下卷第十一首的時候
左眼的餘光無意間瞄到
牠正在我的左手臂上方盤旋

從容不迫，似乎在伺機而動
像沒有聲息的無人機，彷彿在
偵測目標的動靜，在觀察敵方的
反應，或者像初次出獵的
鷲鷹，見獵物就在眼前
一陣欣喜，卻又強作鎮定
我輕輕放下手中的詩集
屏息等候牠的下一步行動
忽然驚覺，我其實不也在狩獵
以左手臂為餌，設下了陷阱
興奮地等待牠自投羅網？
就在牠專注地朝我的左臂
俯衝，尋覓降落地點的時候
我舉起右手，一掌打在左手臂上
我尋思，揣測，這一掌

啪的一聲，我的左手臂頓時
變成殺戮戰場，那隻蚊子必然
血肉模糊，屍骨無存

我翻開右掌，才驚覺蚊子
早已無影無蹤，我的左手臂
就像清理過後的戰場
一切復歸平靜，似乎什麼
也不曾發生，風暴過後
甚至不留任何遺跡。那隻蚊子
究竟是如何做到的，彷彿學會了
隱身術，在我的右掌落下前
竟在倉皇間逃過一劫
牠如何來去之間神隱自如
如何就此雲淡風輕，甚至沒有

一絲歉意，一聲愧疚

牠究竟會因此留下怎樣的記憶？
面對伙伴，牠又會如何敘述
這場驚險的經歷？牠又該如何
描述我那不成比例的一掌？
我究竟怎麼了？怎麼會那麼殘暴？
這隻蚊子，很可能是在經驗
牠的成年禮儀，牠既不說謊
不造謠，不欺世，也不顛倒黑白
更不可能吃香喝辣，牠要的
只是我身上不足一滴的血
讓牠活命的微不足道的血
我究竟怎麼了？竟然大動干戈
不惜毀掉一個生命？一個年輕的

生命？又是誰賦予我這樣的
生殺大權？

我重新打開《給奧菲厄斯十四行》
再一次細讀下卷第十一首
接着關上床頭燈，我閉上雙眼
眼前是一片遼闊的荒野，風輕輕吹過
我的左耳邊突然響起蚊子斷續的
聲音，細小，尖銳，召喚着災難
我茫然無措，彷彿在停電的夜晚
摸黑尋找牆上的開關

——二〇二二年九月十二日於臺北

附記：

這首詩提到的《給奧菲厄斯十四行》（*Die Sonette an Orpheus*, 英譯作*Sonnets to Orpheus*）為德國著名詩人里爾克（Rainer Maria Rilke, 1875-1926）的詩集，最近有好友張錯的翻譯。請參考：里爾克著，張錯譯，《給奧菲厄斯十四行》（臺北：商周出版，二〇二二）。

三芝看海

我們在午後抵達，陰沉的天
正好趕上退潮，在潮水與沙灘之間
裸露着黑布匹般的爛泥灘
風自海上來，除了戴口罩的
遊人，海面平靜，水鳥
甚至銜着秋意杳然遠去
我們初次到訪，那海天盡處
怎麼會有我的記憶？眼前那片
爛泥灘，怎麼總讓我想起滑溜溜的

泥鰍？還有一對對形影不離的鱟魚？

我們在三芝看海，想水勢一波波
往北，入東海，朝南，向南中國海
轉進馬六甲海峽，注入印度洋
在馬來半島北部一座小漁村
潮起潮落，看時間推移，生命
隨現實滾動，現實在歷史中
百般糾葛。風從海上來——過去的風
現在的風，記憶因今昔交錯
而浮沉起伏，粼粼水波
洶湧着諸般生滅的義理

我們在三芝看海，暗澹的海潮
不見夕照，壓抑的雲

那還是光緒年間，十月八日
這一天也很壓抑，海面頗不平靜
艦影幢幢，衝破歷史的巨網
霧氣自海上升起，水族喧噪
紛紛倉皇走避，硝煙起自海上
百餘年後，卻化身為論文裏的
幾個註釋，有人仍在為古戰場
與新市鎮爭辯不已

我們在薄暮中離去
記憶彷如暮色，沉沉
籠罩着海面，潮來潮去
風不會靜止。

——二〇二二年十月十二日於臺北

附記：

二〇二二年十月八日（星期六）中午，與張貴興、胡金倫、高嘉謙、熊婷惠等訪李永平位於淡水的故居，之後由婷惠開車帶我們至三芝看海，喝咖啡。此為我初訪三芝，見其海岸與外海與我老家漁村景象近似，因而有詩。此外，三芝近淡水附近歷史上也曾淪為清法戰爭戰場。一八八四年（光緒十年）十月八日，法軍以五路連隊，企圖在今日沙崙海水浴場一帶登陸，清軍則在巡撫劉銘傳與守將孫開華等指揮之下英勇抗敵，法軍因對地形不熟，為沼澤密林所困，死傷不少，登陸數小時後即告無功而退，是為淡水之役，又稱滬尾之役，或滬尾登陸戰。當年不少跨海而來守衛臺灣，卻在是役中陣亡者後來多埋身附近，不幸其墳墓多在開發淡海新市鎮與擴建淡水高爾夫球場時遭到破壞，令人感傷不已。

暮秋讀《馬華文學與文化讀本》有感

我隨手翻了翻書，無意間瞥見
任性的青春在書頁間踉踉蹌蹌
就像在滿地落葉的樹林中
來回踱步，低頭尋覓舊日的足跡
或者欣喜，或者喟歎
畢竟那是多年前的事了
覆蓋着層層落葉，層層往事
看勤奮的掃葉人忙不迭地
要掀開層次未必分明的記憶

一片林木，說不清蕭索或是森茂

暮秋週末竟日雨聲淅瀝
輕度颱風尼莎仍在海上徘徊
東北季候風竟也匆忙趕來
我在燈下翻書，風雨與陽光
交集的書，怎麼說也是一片林木
幾條荒徑，曲折蜿蜒，在林間隱現
即使少了千年神木，樹色繁雜
依稀引來了不少禽鳥啼鳴
或揚或抑，無非在尋求某些規律
某些雜遝而又略顯孤寂的回音

我看見荒徑上人影來回晃動
行色匆匆，那些開荒拓墾

沿途忙於種樹的人，看林木
漸告成蔭，當蔓藤隨意攀爬
掙扎着迎向陽光和雨露
多風的日子，颳得枝葉沙沙作響
所有的論證隨落葉層疊
風潮過後，殘枝敗葉都是敘事
都可能掩藏着尚未完成的文本
尚待詮釋的語言

我在燈下讀書，暮秋十月
據說秋颱尼莎仍無意遠去
有人問我如何敘說熱帶雨林
彷彿我原本就該熟門熟路
我低頭尋思，卻只能努力回首
書中究竟如何描摹那片林木

如何在雨林之外，敘述隱晦的
生機，譬如除了荒徑，另有濕地
荒野、溪流、草地，風雨兼程
我正在翻讀一部陽光與風雨的書

——二〇二二年十月十九日於臺北

附記：

這首詩詩題中提到的著作為：張錦忠、黃錦樹、高嘉謙主編，《馬華文學與文化讀本》（臺北：時報文化，二〇二二）。本書有王德威題為〈想像的「非」共同體〉之推薦序、編者張錦忠的緒論一〈季風帶的漢聲華語，回往百年文學家園〉，以及另一位編者黃錦樹的緒論二〈南方〉。我則受邀分別為依藤、冰谷、陳政欣及黃遠雄等幾位馬華作家撰寫評論。這是一部有關馬華文學與文化的評論讀本，饒富文學史與文化史的意義。王德威在推薦序中認為此書「堪稱是華語世界到目前為止，體例最為宏闊、內容最為豐富的讀本，……呈現一百五十年來華人在馬來半島和周邊地區的行旅、移民、墾殖以及落地生根的經驗。」張錦忠也在其緒論中表示，「本書以一個宏觀的視野回望過去兩個甲子以來的文學事件、議題、人物、文本、運動、思潮、社團等，在不同撰寫者的書寫、檢視與敘述中自有微觀的評點與刻畫，我們希望可以提供讀者一個見樹又見林的馬華文學圖像卷軸，讓讀者張看閱覽細品。」這首詩中提到的尼莎颱風為二〇二二年太平洋第二十號颱風，於十月十六、十七日由巴士海峽，經過臺灣以南，為臺灣帶來豐沛雨水，甚至造成部分地區積水。

壬寅暮秋訪淡水李永平故居

莫非我們已然漸漸習慣
寂寥在深秋之後，教記憶也
像秋葉那樣，隨時節悄悄
造訪——年復一年，時間靜止
在客廳那幀紅色夾克的獨照上
你走後，獨獨留下閣樓
猶如殘餘的心事，一層層
就是不知道如何敘述，所有的
細節，少了大河般的流向

卻多了解不開的結

你還在續寫那部武俠小說嗎？
還在琢磨古今如何互證？
虛實如何論說？江湖事老
我們午後到訪，空寂的閣樓
推窗遠眺——看似不變的
觀音山、淡水河，還有紅樹林
卻也攔阻不了這個忙於滾動的
世界。雖說枯朽是唯一的不變
這次我們還帶來了一本書
原來文本竟是我們對你不變的懷念

——二〇二二年十月三十一日於臺北

附記：

老友李永平一九四七年九月十五日生於砂拉越古晉市，二〇一七年九月二十二日病歿於關渡馬偕醫院，享年七十歲。永平於九月二十四日火化，二十五日即自淡水碼頭出發舉行海葬。我們幾位——包括我、封德屏、張貴興、胡金倫、高嘉謙等——每年在永平忌日向例都會到他位於淡水的故居憑弔。去年因新冠疫情嚴重，破例沒去淡水。今年由於大家都接種了三到四劑疫苗，因此我們——我、張貴興、胡金倫、高嘉謙，及熊婷惠——在十月八日下午到淡水再訪永平故居。本詩第二節提到的「一本書」指由張錦忠、黃錦樹、高嘉謙主編的《馬華文學與文化讀本》（臺北：時報文化，二〇二二）。

153　壬寅暮秋訪淡水李永平故居

詩作初刊年表

〈這是春天〉	臺灣《文訊》月刊，第四〇二期，二〇一九年四月
〈在學童之間〉	臺灣《文訊》月刊，第四〇八期，二〇一九年十月
〈聾龜〉	臺灣《文訊》月刊，第四〇五期，二〇一九年七月
〈秋日寄張錯——讀〈鹽柱〉有感〉	臺灣《文訊》月刊，第四二〇期，二〇二〇年十月
〈落葉——兼寄張錯〉	臺灣《文訊》月刊，第四三八期，二〇二二年四月
〈掃葉人〉	臺灣《文訊》月刊，第四一四期，二〇二〇年四月
〈輓詩二十行——送別楊牧〉	臺灣《文訊》月刊，第四一七期，二〇二〇年七月
〈過霧臺谷川大橋〉	臺灣《文訊》月刊，第四二三期，二〇二一年一月
〈過旗津〉	臺灣《文訊》月刊，第四二六期，二〇二一年四月
〈夜宿高雄——寄張錦忠〉	臺灣《文訊》月刊，第四二九期，二〇二一年七月
〈高雄叻沙——再寄張錦忠〉	臺灣《文訊》月刊，第四三二期，二〇二一年十月
〈蟬骸〉	臺灣《文訊》月刊，第四一一期，二〇二〇年一月
〈今年的夏天似乎少了蟬聲〉	臺灣《文訊》月刊，第四四一期，二〇二二年七月
〈訪五一三事件受難者墓園〉	馬來西亞《星洲日報・星雲》，二〇一九年七月二十五日

〈鼠事〉	臺灣《自由時報・自由副刊》，二〇一九年八月十九日
〈寒蟬〉	臺灣《自由時報・自由副刊》，二〇二〇年九月六日
〈告白〉	馮品佳主編，《再探文學與醫學》（臺北：書林，二〇二三）
〈新冠病毒徹夜未眠〉	臺灣《聯合報・聯合副刊》，二〇二一年七月二十七日
〈阿勃勒〉	臺灣《聯合報・聯合副刊》，二〇二一年八月十二日
〈我走下和平東路〉	臺灣《自由時報・自由副刊》，二〇二一年八月二十七日
〈我寫詩的理由——仿谷川俊太郎〈我歌唱的理由〉〉	臺灣《文訊》月刊，第四三五期，二〇二二年一月
〈哀歌：很多孩子走了〉	臺灣《文訊》月刊，第四四四期，二〇二二年十月
〈石榴——寫陳瑞獻近作《方廣華嚴》〉	新加坡《聯合早報・文藝城》，二〇二二年七月十五日
〈手術檯上〉	臺灣《聯合報・聯合副刊》，二〇二二年十月二十八日
〈告別印度黃檀〉	臺灣《自由時報・自由副刊》，二〇二二年九月二十一日
〈秋夜讀《南洋讀本》有感〉	臺灣《創世紀》詩雜誌，第二一三期，二〇二二年十二月
〈蚊災〉	新加坡《聯合早報・文藝城》，二〇二二年十一月十六日
〈三芝看海〉	臺灣《自由時報・自由副刊》，二〇二二年十二月二日
〈暮秋讀《馬華文學與文化讀本》有感〉	馬來西亞《星洲日報・文藝春秋》，二〇二二年十一月二十四日
〈壬寅暮秋訪淡水李永平故居〉	臺灣《文訊》月刊，第四四六期，二〇二二年十二月

新人間372

今年的夏天似乎少了蟬聲

作　者—李有成
「浮羅人文」書系主編—高嘉謙
主　編—何秉修
特約編輯—蔡宜真
校　對—李有成、曾嘉琦、蔡宜真
責任企畫—陳玉笈
美術設計—許晉維
內頁排版—立全電腦印前排版有限公司

總編輯—胡金倫
董事長—趙政岷
出版者—時報文化出版企業股份有限公司
一〇八〇一九 台北市和平西路三段二四〇號七樓
發行專線—（〇二）二三〇六六八四二
讀者服務專線—〇八〇〇二三一七〇五
（〇二）二三〇四七一〇三
讀者服務傳真—（〇二）二三〇四六八五八
郵撥—一九三四四七二四時報文化出版公司
信箱—一〇八九九臺北華江橋郵局第九九信箱

時報悅讀網—http://www.readingtimes.com.tw
時報文化臉書—https://www.facebook.com/readingtimes.fans
法律顧問—理律法律事務所 陳長文律師、李念祖律師
印　刷—勁達印刷有限公司
初版一刷—二〇二二年十二月二日
定　價—新台幣三四〇元
（缺頁或破損的書，請寄回更換）

時報文化出版公司成立於一九七五年，
一九九九年股票上櫃公開發行，二〇〇八年脫離中時集團非屬旺中，
以「尊重智慧與創意的文化事業」為信念。

今年的夏天似乎少了蟬聲 / 李有成作. -- 初版. -- 臺北市：時報文化出版企業股份有限公司, 2022.12
144面；14.8×21公分. -- (新人間；372)
ISBN 978-626-353-175-8 (平裝)

863.51　　111018214

ISBN 978-626-353-175-8（平裝）
Printed in Taiwan